奇迹·笨小孩

梦将军影业　编著

译林出版社

致敬

新时代里
每一个拼搏奋斗的你

我们都是奇迹的
创造者

只要我们努力，
就没有什么是不可能的。

目录

奇迹

笨小孩

NICE VIEW

NICE VIEW

主要角色介绍

景浩
景彤
梁永诚
汪春梅
张龙豪
张超
刘恒志
吴晓丽
钟伟
李平
马越

维修电话
15727354327

景浩

易烊千玺 饰

好景电子元件厂厂长，为挽救重病的妹妹，与“奇迹小队”共同奋斗，创造更好人生

景彤

陈哈琳 饰

景浩妹妹，乖巧懂事，一直陪伴在哥哥身边，但身患重病，急需手术

0.00

舒心养老院

梁永诚

田雨 饰

爱心养老院护工，后襄助景浩，成为好景电子元件厂车间主任

听障女工，她的坚忍故事打动众人，促使好景电子元件厂上下齐心奋进

汪春梅

齐溪 饰

SNE MOBILE PHONE C8
FRAGILE
SNE MOBILE PHONE C8
FRAGILE
FRAGILE

张龙豪

公磊 饰

具备拳击技能的热血工友，仗义豪爽

泡吧青年，和刘恒志是哥们，人称“追风少年”

张超

许君聪 饰

刘恒志
王宁 饰

为在深圳成家立业，戒除网瘾，努力奋斗，和张超是哥们

吴晓丽

黄尧 饰

深圳本地女孩，挖掘机操作工，和刘恒志在奋斗过程中结为夫妇

钟伟

巩金国 饰

爱心养老院的老人，加入好景电子元件厂发挥余热

深宁通讯经理，不看好景浩的创业思路 —— **李平**

王传君 饰

保洁

马越

章宇 饰

“蜘蛛人”保洁队队长，对景浩救急救难，既讲义气也讲原则

NICE VIEW

电影拍摄剧本

日场　　夜场

1. 景浩家卧室

一间狭小却温馨的卧室，清晨的阳光透过窗户照射进来。墙上挂着一些照片：景浩和景彤的合影、景彤的入学照，以及景浩跟外墙保洁工（“蜘蛛人”）们的合影等。墙边放着一张上下铺。

躺在上铺的景浩正在熟睡。他二十岁出头，清秀精瘦。这时手机闹铃响起，他醒来摸出手机看了一眼，艰难起身，顺着床梯爬下来。躺在下铺的景彤六七岁的样子，睡相乖巧，景浩轻轻拍了拍她。

景浩：起床了。

景彤睡眼惺忪地坐起身来。景浩坐在下铺穿好背心，见景彤仍闭着眼睛，在景彤面前拍了拍手。

景浩：醒醒。

景彤睁开眼睛，接过景浩递来的 T 恤穿了起来。

2. 景浩家卫生间

镜子前，兄妹俩正一起刷牙。景浩漱口后将杯子递给景彤，走出卫生间。景彤漱了漱口，对着镜子咧开嘴，舔了舔已经松动的门牙。

3. 景浩家客厅一角

客厅一角，景浩熟练地在母亲马玉霞的龛位前上了一炷香，照片上的马玉霞正温柔地笑着。

4. 景浩家客厅

景彤坐在饭桌前，边吃早餐边背诵乘法口诀，站在她身后的景浩正在帮她梳头。

景彤：三七二十一，四七二十八，五七三十五，六七……六七……

景浩：四十二。

景彤：六七四十二，七七四十九……

她边背边拿起一个包子喂给身后的景浩。景浩嚼着包子，紧了紧景彤的马尾辫，景彤的眉毛被勒得飞了起来。

5. 景浩家客厅

景彤坐在门边的鞋凳上吃药，景浩正蹲着给她系鞋带。景彤轻轻咳嗽了两下，把三种药依次用水服下后，系好鞋带的景浩站起身，拿起书包和头盔，带着景彤走出了家门。

6. 景浩家楼道

阳光透过墙体间的缝隙照射在旋转楼梯上，景彤蹦蹦跳跳地跑下楼，景浩背着景彤的书包跟在后面。

景浩：慢点。

7. 景浩家楼下街道

景浩和景彤一后一前坐上电动车。景浩将自己和妹妹的头盔戴好，发动电动车，顺着城中村的小路缓缓驶向了主街。

8. 爱心养老院门口主街

电动车拐了个弯，驶上了城中村的主街。

主街两侧有不少门面房，其中有一家不大的“爱心养老院”。电动车即将驶过养老院，这时养老院护工梁永诚拎着一包湿被单走了出来。

梁永诚：小景！

景浩看向梁永诚。他四五十岁，面容可亲，身上穿着皱皱巴巴的背心和短裤，正准备晾被单。养老院里有些老人已经开始了晨练。

景浩：啊？

梁永诚：电视又坏了！

景浩：我晚上来修。

梁永诚：六点前啊！

景浩：好！

景浩挥了挥手，电动车驶出了城中村。

9. 街道

电动车开上了深圳的街道，渐渐汇入了上班的车流中。景彤突然伸手指向远处的大厦。景浩顺着手指望去，大厦高层的外壁上，一排“蜘蛛人”正在擦玻璃。

晨光洒满了深圳的大街小巷，整个城市正在苏醒，拥挤的车流、匆忙的行人都昭示着新一天的开始，每个深圳人都将迎来忙碌又充实的一天。

好景手机

10. 小学门口

嘈杂的小学门口，学生们纷纷跟家长告别。门房大爷孙伯，七十岁左右，站在大门口，一边听广播一边看着孩子们有说有笑地走进学校。

景浩的电动车停在了学校门口。景彤下车，解下头盔。

景浩：（接过头盔）**记得中午吃药啊。**

景彤：嗯。

说着，她和景浩挥了挥手，朝门口的孙伯喊了声“爷爷早”。孙伯对她点了点头，也回了一句“早”。景浩随即发动电动车驶离了学校。

11. 医院心外科诊室

医生坐在景浩对面，低头看着检查单。

医生：检查结果不错，还按之前的药吃。你上次说的咳嗽不是先天性心脏病引起的。

景浩：但我妈生前也总咳啊？

医生：这个病虽然是遗传病，但不代表症状会一样。

景浩：那她有时候一下雨就喘，也没事儿吗？

医生：小孩的心肺本来就没发育完全，而且她还有心脏病，气压低的时候胸闷气短很正常，放心吧。

景浩点了点头。

医生：她现在六岁？

景浩：对。

医生：还是那个话，最好在八岁之前把手术做了，再拖下去危险性会越来越大。尽快凑钱吧。

说着，他把写好的药单递给景浩，景浩接过药单，点了点头。

12. 好景手机维修店外

景浩骑着电动车驶来，停在了一家叫“好景手机维修”的店门前，这是景浩经营的手机维修店。它开在城中村一条偏僻老旧的街道旁，街道两侧有不少门店，但生意都比较冷清。

华强北的翻新机店老板李斌正等在店门口。他四十多岁，手里提着个手提包，脸上有着生意人常见的精明市侩之气。

李斌：（粤语）**怎么这么晚？**

景浩：（下车）**你来早了。**

景浩锁上车，走过去打开门店地锁，拉开卷帘门。

景浩：进来吧。

13. 好景手机维修店

景浩带着李斌走进店铺。店内墙上挂满了大大小小十几个品牌的手机检修资格证和一张营业执照，各色维修工具应有尽有、摆放有序，不大的维修店显得格外整洁专业。

李斌把手提包放在柜台上，拉开拉链，从里面拿出三个装满手机的塑料袋递给景浩，袋子上分别贴着“苹果”、“其他”和“国产”的标签。

李斌：（粤语）**这是这个月搞不定的。**

景浩指了指放在门边小柜上的三个塑料袋。

景浩：那是修好的。

说着他把两个贴了便条的手机推给李斌。

景浩：这俩不行了，找不着件儿了。

李斌：（粤语）**嚯，景师傅都修不好？我回去烧了它。**

景浩从柜台里拿出一沓厚厚的A4纸放在柜台上。

景浩：呐，苹果5的拆机流程。

李斌打开翻了翻，是手画的拆机流程图，各个步骤非常详细。

李斌：（粤语）**这么多？**

景浩：苹果啊，大哥。

李斌：（粤语）**我那的师傅搞不搞得定啊？**

景浩：搞不定就给我打电话，实在不行我去趟华强北。

李斌：（粤语）**讲究！多少钱？**

景浩：一千八百六。

李斌：（粤语）（**掏钱**）**一千八，你发我也发。**

说着，他放下钱就要拿拆机图，被景浩一把按住。

景浩：（笑）**你咋不一千九呢？**（粤语）**还长长久久呢。**

李斌：（粤语）**哎呀，现在翻新生意不好做啊。**

景浩：你不好做我好做啊？不要算了。

说着，他把拆机图往回拿，被李斌死死按住。

李斌：（粤语）**哎哎哎，我又没说不要！**

说着，他把钱拍在柜台上，把拆机图收进包里。景浩把钱收起来。

李斌：（粤语）**年轻人还是不会做生意。走了，下月见。**

李斌拿着东西走出了维修店，景浩戴上耳机播放音乐，继续修起手机来。

电话：18911826528
HAO JING MOBILE PHONE
住宿
库前禁车
欢迎光临
手机快速维修
软件升级
好景手
专业
贴膜配件 快速换
主板维修 硬件升级
电话：13266855675

华强北二街
3号1005

14. 爱心养老院大厅

养老院大厅一角的电视机周围坐着十几个老人，他们正焦急等待着电视机后的景浩把它修好。老钟头伸出拐棍敲了敲电视机。他七八十岁，坐在轮椅上。

老钟头：好了吗，好了吗？

景浩从电视机后面探出脑袋。

景浩：快了，钟伯！您不敲它就好了。

老钟头瞪了他一眼，收回了拐棍，向后挪动着轮椅，回到自己看电视的位置，嘴里还不停地嘀咕着。

老钟头：修得真他妈慢，电视剧都快开始了。

景浩瞥了他一眼，继续修着电视机。

15. 爱心养老院大厅

老钟头和其他老人们正聚精会神地看着已经修好的电视机上播放的电视剧，景浩坐在窗边的沙发上收拾工具。这时梁永诚“贼眉鼠眼”地凑到景浩面前，把维修费塞给景浩。

梁永诚：（低声）**还是三十啊。**

景浩：（接过钱）**谢谢梁叔。**

梁永诚把一袋木耳递给他。

梁永诚：你梁婶从老家带的。

景浩看向不远处正给老人按摩的梁婶，梁婶冲他笑了笑。

梁永诚：谢谢你给梁叔介绍活儿。

景浩：又没成……

梁永诚：又不赖你，我上去一看，那么老高还得挂外面擦，怪不得给那么多钱呢。安全第一，我再找别的兼职吧。

景浩：但是梁叔，那电视机赶紧换了吧，再坏真没法儿修了。

梁永诚：（低声）**这老板多抠啊。**

养老院老板：老梁！ 302 又尿床了！ 老梁！

梁永诚：哎！ 来了！（指了指木耳）**给彤彤吃啊，对心脏好！**

说着，他小跑着离开，景浩低头看了看手里的木耳。

16. 景浩家楼道

兄妹俩走到家门口，发现一张写着“交租”的告示贴在门上。景浩将告示撕下来，带着景彤进了家门。

17. 景浩家厨房

老式油烟机发出轰鸣，景浩熟练地翻炒着，这时客厅里传来景彤的喊声。

景彤：（大声）**哥哥！哥哥！**

听到喊声的景浩"啊？"了一声，端着锅跑了出去。

18. 景浩家客厅

景浩：怎么了怎么了？

景彤咧开嘴，露出牙床上的窟窿。

景浩：（松了口气）**哦，牙掉了……牙呢？咽了？**

景彤摊开手掌，手掌里是一颗带血的乳牙。景浩拿起乳牙看了看。

景浩：疼吗？

景彤摇了摇头。

景浩：别舔啊，舔了会龅牙。

景彤：哦。

景浩：漱口去吧。

说着他把乳牙揣进兜里回到厨房，刚放下锅就看到景彤正边走边舔。

景浩：别舔！

景彤瞥了他一眼，走进了卫生间。

19. 景浩家卧室 / 景浩家客厅

卧室里的景彤已经睡熟。景浩拉开马玉霞龛位下的抽屉，从里面拿出一个装了三颗乳牙的小收纳盒。他把洗干净的乳牙装进收纳盒放回抽屉，然后拿出几个药瓶，开始在桌上给景彤分装起药来。这时茶几上的手机振动了起来，景浩走过去，看到手机上的来电显示是“小陶”。他接起了电话。

景浩：（压低声音）**喂？**

陶志勇：（镜外音）**干活呢？**

景浩：没有，在家呢。

陶志勇：（镜外音）**那你过来找我一趟呗。**

景浩：干吗？还钱啊？

20. 租赁仓库大厅 / 小仓库收发室

偌大的租赁仓库里，各种巨型货架错落有致地摆放在过道两旁。小陶身着工装，开着叉车，带着站在叉车板上的景浩穿过走廊，驶向其中一个库房。

陶志勇：你晚上不在加油站干了？

景浩：人家不用兼职了，我找别的活儿呢。

陶志勇：手术费攒咋样了？

景浩：三五十万哪那么好凑，你又不还钱。

陶志勇：不就两千块钱嘛。

景浩：两千块钱不是钱啊？要不是你说你妈病了，我都不借你。

陶志勇：我又没说不还。你爸进去之前真没给你留点儿？

景浩：他一抛妻弃子的人，不欠钱就不错了。你提他干吗啊？你要带我去哪啊？

陶志勇：（指了指前面的库房）**就这，这不到了嘛。**

叉车停在库房门口，陶志勇带着景浩走下叉车，敲了敲收发室窗户，里面喝酒聊天的仓管转过头来。

陶志勇：（粤语）**哥，这就是我老乡，我带他去看看。**

仓管点了点头，陶志勇带着景浩走进了小仓库。

21. 小仓库

小仓库的中央有一个巨大的货堆，上面盖着一块大苫布。陶志勇迈过地上的杂物走到货堆前，抓住苫布的一角。

陶志勇：搭把手。

景浩狐疑地上前，抓住另一角，两人同时用力拽开了苫布。尘土飞扬中，一座巨大的“手机山”出现在两人面前。它由几万部国产深宁牌手机组成，每部都只有简易的透明包装，以五百部为一组打包，层层叠叠不太规则地堆放在一起。“手机山”几乎有两层楼高，要十个左右成年人合抱才能围住一圈。景浩看着这座庞然大物，当场愣住。

22. 小仓库角落

景浩和陶志勇面对面坐在仓库的小角落，背后是高高的“手机山”。景浩拿着一部手机拆开包装，饶有兴趣地摆弄着。

陶志勇：怎么样？这堆旧手机，十万块钱你全拉走。

景浩：什么我就全拉走？哪儿来的啊？

陶志勇：一个搞外贸的存这儿的，结果人进去了，两年没人交仓储费了。我们老板说赶紧清了，得放新货了。

景浩：那也不至于才十万啊。坏的？

陶志勇：嗯，意大利退回来的，好像这批次有点问题。你不要我们就卖废品了，人家价都开了。

景浩：多少钱？

陶志勇：八万。

景浩：那你卖我十万？

陶志勇：价是仓管定的，又不是我定的！人家要是不赚钱，干吗卖你啊？

景浩想了想。

景浩：质检报告有吗？

陶志勇：有有有！我就说你懂行嘛。

说着他从兜里掏出一张叠了三叠的质检报告递给景浩，景浩把报告和手机一起揣进兜里。

景浩：行，我回去研究研究吧。

陶志勇：哎，你再借我两千块钱呗。

景浩：大哥，你还欠我两千呢！

陶志勇：给你介绍这么大买卖，还不值两千块钱？

景浩：事儿成了再说吧。

说着他起身就走，陶志勇大喊。

陶志勇：当事儿办啊！

23. 好景手机维修店

深夜，景浩坐在柜台里，对着电脑逐字查阅着质检报告上的意大利语，一旁摆放的报告上已经写满了中文备注。

景浩在电脑上输入了一组词组“**Schermo B+ Condensatore Danneggiati**”，然后点击网页上的翻译键，电脑屏幕上显示出了“**屏幕 B+ 电容损坏**”的字样。

24. 好景手机维修店

已经被景浩拆掉的手机零件极有规律地摆放在工作软垫上。

景浩按开电笔开关，把电压调到3.9伏，挨个测试电容。测到其中一颗电容时，电笔发出了“嘀嘀”的声音，红灯不停地闪烁。

25. 好景手机维修店

景浩用调到100℃的热风枪小心地吹着内屏排线。排线松动之后，他用刀片挑开排线，用手把排线撕了下来。

他把定位板放在内屏排线上，把定位板的洞对准了损坏的电容，用镊子把助焊剂放在损坏的电容上，把热风枪调到300℃，小心地吹着损坏的电容。几秒之后，他用镊子把损坏的电容取了下来。

景浩用烙铁将锡线熔化，点在损坏电容原先的位置上，用镊子把新电容放了上去，用热风枪吹，直到电容复位。

他用棉棒蘸了蘸洗板水，小心地清洗着更换完毕的位置。

26. 好景手机维修店

景浩把维修后的屏幕跟主板连上，装好电池，然后用镊子捅开了开机键。伴随着深宁手机开机的音乐声，屏幕亮了，开机页面缓缓出现。

他放下屏幕，用镊子夹起更换下来的坏电容，打开放大镜上的灯，仔细端详。

27. 借贷公司办公室

借贷职员满脸堆笑地坐在办公桌后面看着景浩。

借贷职员：再确认一下，您以店铺内所有物品作为抵押，借款五万元，借款周期为三十天，月利息为百分之二，确认无误的话，请签字吧。

一份借贷合同放在景浩面前，借贷职员在合同旁边放下一支签字笔和一盒印泥。景浩拿起笔签下了名字，摁上手印。他搓了搓指尖的印泥，若有所思。

28. 华强电子世界外 / 华强电子世界一楼

景浩快步穿过华强北广场上忙碌的人群，边走边抬头望去，面前的大楼上挂着“华强电子世界”几个大字。景浩收回视线，掀开门帘走了进去。

商场一楼人头攒动，拥挤异常，上下扶梯挤满了人。景浩一进门便被揽客的人团团围住，他喊着“借过借过”挤过人群，一路顺着扶梯走上了二楼。

29. 李斌二手手机店

景浩靠在李斌的柜台外，噼里啪啦地按着计算器。李斌看着手里的意向单。

李斌：（粤语）**没想到你也开始卖翻新机了。**（翻阅意向单）**量还这么大，商城里一半老板都跟你拿货了吧？跟哥说，哪来这么多旧深宁？**

景浩：商业机密。你要不要？废话那么多。

李斌：（粤语）**要！**

说着，他低头在意向单上写上名字和数量。景浩在计算器上按下等号键，屏幕上显示：913000。他有些发愣地看着这个数字。李斌签完字，瞥见了计算器上的数字。

李斌：（粤语）**我丢，九十万！挣不少啊。货源保密，进价总能透露吧？多少钱拿的货？**

景浩迅速按了归零键，拿过意向单塞进包里。

李斌：（粤语）**五十（万）？四十（万）？不可能三十（万）吧，景老板？**

景浩：（笑）**我为啥告诉你，因为你借我计算器啊？走了啊，李老板。**

说着，他转身离开。

30. 小学门口／街道

夕阳中，景彤从学校里走出来。站在电动车旁的景浩接过她递来的书包，一脸傻笑地蹲下，揉了揉景彤的脸蛋。

景彤：（困惑）**你怎么了？**

景浩：高兴。

景彤：为什么？

景浩笑了笑站起身，把景彤抱上电动车，给她戴上头盔。

景浩：我捡了座“金山”。

景彤：啥“金山”？

景浩：周末带你去看。

景彤：哦。

景浩发动电动车。

景浩：晚上吃啥？

景彤：不吃木耳就行。

景浩：那牛肉面？

景彤：不要。

景浩：馄饨面？

景彤：不要。

景浩：那吃啥？

景彤：（想了想）**炸酱面？**

景浩：好啊。

景彤：还要双皮奶。

景浩：好。

景彤：两份，咱俩一人一份。

景浩：（笑）**好。**

兄妹俩的电动车沿着街道逐渐驶远。同样的街景下，伴随着远处的滚雷，场景逐渐变成了阴雨连绵的街道。

修电话
机维修

半个月后，深圳政府开始加强对山寨机、翻新机的打击力度，华强北电子市场正式进入转型期。

31. 李斌二手手机店

景浩披着雨披快步朝李斌的柜台走去，李斌略显苦闷地坐在柜台里玩着手机。景浩走到柜台前，一把将订货意向单拍在柜台上。

景浩 你们什么意思？拖了我一个月，现在突然说不要了，合伙玩我呢？

李斌赶紧起身，示意景浩小声点，他指了指不远处的横幅。

李斌：（粤语）**浩仔，你也知道现在做翻新机违法了！昨天还有两个老板被抓了，你也想被抓啊？**

景浩：但你们跟我签了东西啊！

说着，他拍了拍柜台上的订货意向单。

李斌：（粤语）**这不就是个意向单嘛！再说就算是合同，现在也违法了，不算数了！**

景浩：那我这么多货就砸手里了？没别的办法了吗？

李斌：（粤语）**有什么办法？又不是**

你一个人赔了，我们手里还压一堆货呢。

景浩无言以对。

李斌：（粤语）**浩仔啊，做生意就是这样，有的时候就是贪小便宜吃大亏，认了吧。**

景浩抬起头看向他。

景浩：认个屁！

说完，他转身离开，李斌看着他走远，摇了摇头。

李斌：（粤语）**年轻人，不见棺材不落泪。**

32. 小仓库

“手机山”前，景浩拿出一千块递给仓管。

景浩：再存一个月。

仓管：不是说存几天就拿走吗？

景浩：先存着吧……

仓管点点头转身离开，景浩看着面前如山的手机，面色阴郁。

33. 街道

大雨中，街道上行人往来匆匆，车辆溅起阵阵水花。景浩把景彤裹在雨披里，骑着电动车在街道上行驶。

34. 景浩家卫生间

兄妹俩已经换好了干净的衣服，有些犯困的景彤乖巧地坐在小板凳上，景浩拿着吹风机帮她吹头发。

35. 景浩家客厅 / 景浩家卧室

雨水噼里啪啦地敲打着窗户。已经睡熟的景彤咳嗽了两声，坐在茶几前的景浩转头看了看她，然后看向手中的 C8 手机。他转过手机，若有所思地注视着手机背面的深宁标志。

36. 深宁通讯前台接待室

大气整洁的高档办公室等候区，身着职业装的员工们进进出出，前台小姐正在接电话，桌前印着深宁通讯的巨大标志。

景浩坐在等候区沙发上。他腿上放着一沓资料，有些呆滞地注视着茶几上的几本杂志，最上面那本的封面是深宁通讯的总裁赵振昌。这时前台小姐走了过来。

前台小姐：先生，请跟我来吧。

景浩起身跟了上去。

37. 深宁通讯办公区

深宁通讯华南区经理李平推开门，从办公室走了出来。他看上去不到四十岁，西装革履，表情倨傲，景浩紧跟在后。

李平：我说了，我们不回收手机。

景浩：不是让你收整机啊，李经理，我是让你收拆出来的零件。

李平：我要旧零件干吗？

景浩：回收的零件可以做官翻机之类的次级产品，我查了，

很有市场，你们可以做一条产业链。（递出资料）**你看这全是国外的报道。**

李平：（摆手拒接）**国外做我们就要做吗？再说我们就没有拆机的部门。**

景浩：拆没问题啊，我负责拆。

李平：拆出来的零件还要质检，质检你就通过不了。

景浩：我能通过，我保证。

这时两人停在了会议室门口，李平看了看景浩。

李平：你凭什么保证？你一个修手机的，要不是你堵我这么多天，我都不见你。

景浩委屈地笑了笑。

景浩：李经理，这跟我是干什么的没关系吧。是不是我通过质检你就能收我的零件？

李平：你通过不了。

景浩：我能通过。

李平轻蔑地笑了笑。

李平：行，麻烦你先让我通过一下。

说着，他扒开景浩，开门走进了会议室，景浩有些愤慨地站在门外。

38. 好景手机维修店

景浩和借贷职员面对面坐在柜台两侧，借贷职员正认真端详着手里的 C8 手机。

借贷职员：拆这玩意这么复杂吗？

景浩：当然了，不光是拆，我还得画流程图，还得找第三方质检。而且拆下来的零件必须无损，屏幕、主板、CPU、内存、摄像头，这还只是大件，小件你都数不过来。

借贷职员：那你这批手机就你一个人拆啊？

景浩：怎么可能。

说着，他拿出一份拆机流程图放在柜台上。

景浩：这是 4S 的拆机流程，我只要把 C8 的也做出来，雇一批工人照着学，学会了就能拆。

借贷职员认真翻看着拆机流程图。

借贷职员：哎，我去，老铁你是科学家啊。

景浩：科学家不至于，只要心够细有耐心，你也能拆。

借贷职员：我这小学文凭……也行吗？

景浩：有啥不行的！英雄不问出处！自信点儿，老铁！

说着，景浩伸出拳头想跟借贷职员碰拳，借贷职员也抬起拳头，刚想碰，突然觉得哪里不对，反应过来的他猛地打开景浩的手。

借贷职员：谁他妈是你老铁！我是来听你讲成功学的吗？我是来要债的！你是不是瞧不起我？我他妈今天就是没带家伙，我要是……

这时景浩猛地把一支改锥拍在柜台上。借贷职员愣住了。

景浩：（指着锤子）**要么你今天就弄死我，要么就再给我一周。一周后我拆完手机，通过质检，拿到订金，肯定还你钱。**

借贷职员想了想。

借贷职员：就一周，你要是不还钱，你这一屋子东西就归我了，你这店也别开了。

景浩轻轻点了点头。

借贷职员：（指了指景浩）**小孩挺有想法，就是性格不太好，**（指了指锤子）**锋芒毕露的。**

他转身走出了维修店，景浩若有所思地看着他走远。

机 维 修

39. 好景手机维修店

景浩走到店门口，看了看街道上往来的行人，抬手拉下了卷帘门。

40. 好景手机维修店

景浩打开管灯，拿出 C8 手机放在工作台上，手机四周铺排着各式各样的工具。他戴上线控耳机，调大音量。音乐声逐渐变大，他深吸了口气，拉近台灯，拿起工具开始拆机。

41. 好景手机维修店

景浩用螺丝刀拆下手机底部的螺丝，用开屏神器吸住手机屏幕跟背壳，用力一捏，主板壳跟背壳分离开来。他取下手机电池，用镊子挑开屏幕排线、耳机排线、音量排线，又用镊子撬开白色天线两端，把天线取了下来。他放下手机和工具，转过椅子，在左侧的工作台上开始制图，用黑笔在白纸最上方写下了“第 1—5 步，分离屏幕与主板壳”。

42. 好景手机维修店

景浩用傻瓜相机拍下手机正反面，又举着开屏神器拍了一张操作示意图。三张照片打印完成，他用剪刀仔细地裁剪照片空白部分，将照片贴在了纸上。他用铅笔在两张照片中间的空白处打上线，用尺子画出了底部的局部放大图。

画完，他用黑色签字笔在右侧空白处飞快地写下了拆机步骤。

他画好第一张拆机流程图，站起来将图贴在背后的灯箱上，这张图的左侧已经贴上了“深宁 C8 手机拆机流程图”的封面。

43. 好景手机维修店

景浩按下烙铁主机开关，旋转温度旋钮，将烙铁温度调到350°C进行预加热。他把主板放在固定支架上，调整好支架尺寸，夹紧主板，用手扭紧固定螺丝。他放下主板，转身在左侧的桌子上开始画图。

44. 小学门口

傍晚，景彤从学校门口走出，走向景浩。景浩帮景彤戴好头盔，把她抱到身前坐好，发动电动车驶远。

45. 街道

夜晚都市的流光溢彩中，景彤倚靠在景浩怀中，兄妹俩迎风前行。

46. 好景手机维修店

手机主板照片已经贴在了白纸上，顶上写着“第 6—10 步，拆主板”。景浩将手机主板放在显微镜下，然后对准焦点，主板上的元件清晰地出现在了显示屏上。他对着显示屏，在白纸右侧空白处画出了主板各个模块的局部放大图，又用红笔标注出了需要拆卸的位置，用红笔写下：“耳机模块放大图”“音量模块排线放大图”“天线电缆两端放大图”“主板上螺丝放大图”。

47. 好景手机维修店

画了一会儿后，景浩转身，把已经预加热过的烙铁在浸水海绵上抹了抹，用镊子将助焊剂抹在开机排线上，用烙铁在涂抹区域进行加热。待排线松动后，用镊子取下开机排线。

48. 好景手机维修店

维修台上的托盘里，已经放了不少拆下来的零件。

景浩对着显微镜显示器画着放大图，白纸上方写着“第 29 步，拆 SD 卡等护板”。他用红笔圈出电容，画出箭头。刚要写字的时候，突然发现标记的电容不对，他气恼地将图纸揉成团扔进了旁边的垃圾桶。垃圾桶里已经有很多纸团。

景浩抽出一张白纸，重新在顶上写下“第 29 步，拆 SD 卡等护板”。

49. 好景手机维修店

景浩拿着放大镜，将植锡板上的锡点跟字库上的锡点对准，用锡浆刀将高温锡均匀地抹在植锡板上，用干布擦去多余的高温锡。他打开热风枪开关，旋转温度旋钮到 300℃，风速开到 4，右手用镊子按住植锡板，左手拿热风枪小心地吹着高温锡。高温锡翻滚、变亮，他拿开植锡板，用镊子夹助焊油涂抹在字库上，用热风枪细细地吹了一遍，锡点成功复位。

景浩松了口气，把拆下的零件在零件槽上摆好，擦掉额头上的汗珠，转过椅子开始制图，写上了“第 37—39 步，拆副板”。

50. 好景手机维修店

白纸顶部写着“第 37—39 步，拆副板”，景浩用圆规画出了振动器的模型，用红笔沿着圆形点了一圈红点，又换上蓝笔在旁边写上了“振动器”。

这时灯箱上已经贴了半墙的拆机图。

51. 景浩家门口楼道

景浩和景彤站在家门前，景浩边掏钥匙边看着贴在门上的“交租”告示。他掏出钥匙打开门，撕下告示，领着景彤进了屋。

52. 好景手机维修店

景浩用烙铁将锡线熔化，点在损坏电容原先的位置上，用镊子将新电容放在上面，然后用热风枪小心翼翼地吹着新电容，直到电容复位。

他拿起修复完成的内屏，把它放在了一旁的小托盘里。

53. 好景手机维修店

景浩将托盘小心翼翼地挪到灯箱下面的桌子上，然后用镊子将零件一个个地放进收纳箱。收纳箱里，已经整齐码放着不少零件。

54. 好景手机维修店

景浩数着内屏软性线路板上 B+ 电容的位置，然后用红笔在局部放大图上圈了出来，画出箭头并写上了“B+ 电容”，随后他在图片下方空白处飞快地写下了拆机步骤相关的文字。

最后一张拆机流程图画完，他将图贴在灯箱上。深宁 C8 手机拆机流程图终于完整地呈现在他面前。

景浩靠在椅背上，看着拆下的零件和整墙的拆机流程图，长舒了口气，随后关上了零件收纳箱。

55. 第三方质检公司质检车间

这是一个专业的质检流水线，几台巨大的机器正在运转测试，所有工人都穿着统一工作服。车间外走廊中的景浩正隔着玻璃好奇地向里张望。

质检员：（镜外音）**景先生。**

56. 第三方质检公司走廊

景浩转过头，一个质检员走到他面前，把质检报告递给了他。景浩紧张地翻找着。

质检员：零件合格了。

质检员指了指最后一行，上面写着“质检合格”。景浩松了口气。

57. 办公大楼门外 / 办公大楼一楼等候大厅

深宁通讯总裁赵振昌和经理李平走进办公楼，身后跟着随行的秘书。赵振昌五十岁左右，干练严肃，不怒自威。他们一行人走进大楼朝闸机走去。这时坐在等候区的景浩起身朝李平走了过来。

景浩：李经理，按我流程拆的零件通过质检了，（递报告）**这是报告。**

李平：你怎么又来了？

景浩：找您合作啊。

李平：你有毛病吧？

景浩：你不是说我通过质检就收我的零件吗？

李平：我什么时候说的？

景浩：你上次说的啊。

李平：你别胡搅蛮缠啊。

景浩：我怎么胡搅蛮缠了？

李平：你是听不懂话吗？这就不是你这个年龄该想的事，赶紧走吧。

说着，他刷卡通过闸机，追上了等在电梯口的赵振昌，景浩被拦在闸机外。

景浩：（大声）**这跟我的年龄有什么关系！**

电梯门打开，几个职员从电梯里下来，依次对赵振昌喊着“赵总好”。赵振昌点了点头，带着两人上了电梯。景浩看着电梯门关上，若有所思。

58. 办公大楼一楼等候大厅 / 办公大楼门外

几个小时后，电梯门打开，赵振昌和李平带着秘书走了出来。

赵振昌：这他妈叫方案啊？打击翻新机就要降价？你们市场部干什么吃的？

李平：是，是。

赵振昌：你别老是是是，五天内给我个新方案。

李平：是，是。

赵振昌瞥了李平一眼，两人穿过闸机，等在闸机外的景浩快步迎了上来，李平面露不满。

李平：你怎么还在这？

景浩：我不找你。

说着他闪过李平，径直朝赵振昌走去。

景浩：赵总，我想跟您合作，做零件回收产业链。

赵振昌没理他，继续向前，景浩紧跟在后。

景浩：零件回收有很大市场，国外已经开始做了，您完全可以做国内第一家。

赵振昌笑着看了看景浩，李平跟在后面试图打断却无从插嘴。

景浩：您考虑考虑，真的很有前景！你们想打击翻新机，不如从根本上掐断源头。回收的零件可以做很多种次级产品，你们肯定不愁卖！

一行人走到大楼门口的豪车旁，司机打开车门，赵振昌坐上车，景浩一把拉住车门。

景浩：赵总，您给我十分钟，十分钟就够！

赵振昌：（摆摆手）**孩子，我没有十分钟，我要赶三点的火车，我一个月后还来。**

司机关上车门，李平从另一侧上车，豪车启动。景浩看着车驶远，赶忙看了眼手机，已经两点二十了。他转头看向送行的秘书，秘书一脸僵笑地挥手送别。

景浩：他坐火车去哪儿？

秘书：你谁啊？我为什么告诉你？

景浩猛地揪起秘书的衣领把他推到墙上，秘书一脸惊恐地看着景浩。

景浩：说！

59. 火车票代售点

代售点排着长队，景浩急匆匆地挤过人群冲到了队首。

路人：哎，你怎么插队啊。

景浩：（回头喊）**我着急赶三点的车！抱歉啊，各位！**

说着，他转向售票口。

景浩：三点去温州有几班？

售票员：（没抬头）**就深圳北一班。**

景浩：就这班，到深圳北下一站，多少钱？

售票员：还有半小时，你赶得上吗？

景浩：你管我赶不赶得上，多少钱？

售票员：（一愣）**五十二……**

景浩把钱拍在柜台上，售票员接过钱，将车票递给景浩。

景浩拿着票跑到电动车旁，骑上车飞驰而去。

60. 高架桥上

宽阔的高架桥上，豪车顺着车流飞驰。

61. 豪车内

豪车后座上，赵振昌悠闲地玩着手机游戏。

62. 握手楼阳台 / 城中村小巷

一位老太太把装满陈皮的筛子放在阳台边晾晒。这时景浩的电动车飞速穿过楼下的小巷。

63. 城中村小巷

景浩猛拧把手，电动车在小巷中飞驰，阳光透过握手楼的缝隙不停闪烁。

64. 烧腊店 / 城中村小巷

吊满烧腊的柜台前，烧腊店老板正用力剁着烧鹅，这时景浩的车从店外飞驰而过。

65. 高速路深圳北站出口

豪车向右并线驶出了高速路，出口路牌上写着“深圳北站”。

66. 城中村主街路口

狭窄的城中村主街被两辆迎面的车堵住，旁边围了很多看热闹的群众。车主们探出头互不相让地叫嚷着：“大哥你退退呗。”“我退不了。”“你怎么退不了，你怎么来的怎么退呗。”“你怎么不退呢？”“我凭什么退？”“行，咱谁也别退。”“谁退谁孙子。”……

景浩的电动车驶近，见状急忙转向，驶进了旁边的一条窄巷。

67. 城中村窄巷

从空中俯瞰，电动车如游鱼一般在窄巷中穿梭。

68. 深圳北火车站地下停车场入口

豪车缓缓驶进地下停车场。

69. 城中村主街

景浩的电动车刚驶出窄巷，拐角突然窜出一辆自行车。见躲闪不及，他猛捏刹车，结果电动车擦着自行车侧翻了出去。骑车妇女吓得连忙刹车，转头看向景浩。

妇女：（粤语）**你疯了吧！骑这么快！**

景浩艰难起身摆了摆手。

景浩：对不起对不起……

说着，他扶起车拧了拧钥匙，电动车无法启动，他焦急地从兜里拿出手机，破碎的手机屏上显示时间是两点四十八分。他连忙拔掉钥匙，左躲右闪穿过来往的人流，朝火车站方向狂奔而去。

70. 深圳北火车站候车大厅进站口

赵振昌和李平先后将车票递给检票员，通过闸机。

71. 十字路口 / 马路中央 / 汽车内

热闹的十字路口，信号灯由绿变红。景浩从等候的人群中冲了出来，无视阻拦他的交警冲上马路横穿而过，几辆车接连急刹鸣笛。景浩无暇顾及，一个司机探出头怒吼：“找死啊你！”

72. 深圳北火车站扶梯 / 深圳北火车站月台

赵振昌和李平走下扶梯，走向一等座车厢，先后上了火车。

73. 深圳北火车站高架桥

景浩跑过高架桥。高架桥下的火车站月台旁，火车即将出发。

74. 火车站月台

列车员左右看看，月台上的安全员一边挥舞小旗一边吹哨，火车门缓缓关上。

75. 火车一等座车厢

李平把行李放到行李架上。赵振昌已经坐好，他看着窗外，火车缓缓启动。

广播：欢迎您乘坐 D378 次列车，前方到站汕尾站，预计用时……

赵振昌转过头正准备喝水，突然看着前方愣住了。

76. 火车一等座车厢

狭长的火车走道上，景浩边走边找，终于发现了赵振昌。他快步上前，气喘吁吁地坐在了赵振昌对面。赵振昌有些意外地看着他，一旁的李平愣住了。

景浩：赵总，您现在有十分钟吗？

赵振昌笑了出来。

77. 深圳北火车站月台

火车启动，缓缓驶出了深圳北站。

78. 火车一等座车厢

火车飞速行驶，景浩跟赵振昌和李平对向而坐。

赵振昌：我明白了。

说着，他把看完的资料还给景浩。

赵振昌：你一开始就想把零件卖回给我们吗？

景浩愣了一下。

景浩：不是。

赵振昌：你本来想抄底卖翻新机，结果违法了，货砸手里了，对吧？

景浩：对。

赵振昌：（笑）**我猜也是。**

景浩有些尴尬。

赵振昌：你觉得就你这么点东西值得我做吗？

景浩：但如果尝试成功，你完全可以做一条产业链，这个非常有前景……

李平：（插话）**哪儿有这么简单？**

景浩：不简单就不做吗？

李平：你知道国内没有做这些的公司吗？

景浩：他们不做你们就不做吗？你是他们子公司啊？

说着，他偷瞟了赵振昌一眼。赵振昌笑了，李平则被噎得说不出话来。

赵振昌：你叫什么？

景浩：景浩。

赵振昌：多大了？

景浩：二十。

赵振昌：（笑）**岁数不大，野心不小啊。但这事儿你就别琢磨了。**

景浩：为什么？

赵振昌：先不说这个产业链可不可行，单是无损拆这批零件，你就完成不了。

景浩：我要是完成了呢？你是不是就收我的零件？

赵振昌看了看他。他严肃地盯着赵振昌，赵振昌笑了出来。

赵振昌：行，你要是完成了，我就收。

景浩：谢谢赵总！

赵振昌：先别急，没有订金啊。

景浩愣住了。

赵振昌：拆机你自己负责，厂房和工人我也不管，如果零件通不过质检，你一分钱也拿不到。

说着，他向李平伸出手。

赵振昌：名片。

李平把自己的名片递给赵振昌，赵振昌把名片交给景浩。

赵振昌：景浩，想好了就联系他。

景浩犹豫地接过名片。

79. 汕尾站月台

火车启动，缓缓驶出了空旷的汕尾站。景浩独自站在月台上，若有所思。

80. 小学门口

傍晚，孙伯和景彤挤在电视机前看着往年的小品联播，孙伯剥开一个茶叶蛋递给景彤。景彤默契地接过来，边吃边笑。这时，旁边传来敲玻璃的声音，孙伯和景彤转头看到景浩正站在窗外，景彤的嘴角还沾着鸡蛋渣。

景浩：（转对景彤）**对不起，我来晚了。**

景彤：没事儿，爷爷再见。

说着，景彤拿起书包走向门外。

景浩：（对孙伯）**耽误您下班了。**

孙伯：（笑）**没事儿，我就住这儿。**

这时，景彤走出传达室来到窗外，有些不高兴地走到景浩面前，景浩弯腰给她抹了抹嘴，然后牵上她的手转身走向远处。

景彤：车呢？

景浩：坏了，送去修了。

景彤注意到他身上的尘土，推了他一下示意他转身。

景浩：怎么了？

景彤看到他身后一大片摔出来的污渍，掀开他的衣服，看到他后背的血迹已经凝固。

景彤：流血了，疼吗？

景浩：不疼。

景彤有些心疼地拽了拽景浩的衣角。

景彤：你不要骑那么快，很危险。

景浩：我知道，回家吧。

景彤：我们去医院。

景浩：不用吧……

景彤：那去药店。

景浩：（笑）**行……**

兄妹俩逐渐走远，消失在孙伯的视线里。

81. 景浩家卧室

景浩盘腿坐在床上，景彤正坐在他身后帮他上药。景浩的面前摆着一个抽屉，里面有很多照片和一些零钱，旁边放着一部C8手机和一张高空作业证。景浩有些踌躇地清点着手里的钱。

82. 爱心养老院浴室

浴室狭小老旧，蒸汽弥漫。梁永诚正在给浴缸里的阿尔茨海默病患者洗澡，景浩坐在他对面。

景浩：建厂的花销不少，我想白天去打工赚钱养厂子，工厂得找个信得过的人看着。您不是也找兼职呢嘛，我给的肯定比他们多。

梁永诚：这不是钱的事儿。这事儿风险太大了，万一做不下来，你一分钱落不着，还背一身债，这辈子不就完了吗？还是算了吧，安全第一。

景浩：梁叔，彤彤今年六岁半，她八岁之前得把手术做了，手术费、住院费、护理费、药费，杂七杂八加起来至少三十万，多了五十万都打不住。您觉得我接着开店，一年半能赚到这些钱吗？

梁永诚沉默了。

景浩：我跟他们谈好了，只要良品率达到百分之八十五，我四个月就能赚八十万。我必须得做，而且必须做成。我没别的选择了。

梁永诚看了看景浩。

梁永诚：你想好了？

景浩：（点头）**嗯。**

梁永诚：行，我跟你梁婶倒个班，白天去给你当车间主任。

景浩：谢谢梁叔。

83. 深宁通讯会议室

景浩和李平对向而坐，景浩拿起笔刚想在面前的合同上签字。

李平：（打断）**哎。**

景浩看向他。

李平：想好了再签，有很多你这样的打工仔，成天想着一夜暴富，结果赔得什么都不剩。我劝你现实一点，不要好高骛远。

景浩看了看他，在合同上签了字。

景浩：你不也是打工的吗？

说着，他放下笔，拿起一份合同，起身走出了会议室。

84. 好景手机维修店外

工人从店里搬出一箱货物放到货车上，景浩站在店门口把签好字的结款单交给面前的借贷职员，借贷职员朝他竖起大拇指。

借贷职员：小孩，你确实有想法，说不还钱就不还钱。

说着，他拍了拍景浩，转身上了货车。景浩看着货车驶走。

85. 好景手机维修店外

房东把“好景手机维修”的招牌拆下来递给景浩，景浩把它放在一个装满营业执照等私人物品的小推车上。房东爬下三角梯，在卷帘门上贴上了“旺铺招租”的告示。

86. 二手车店门口

二手车老板掏出三千块钱递给景浩，景浩接过钱点了点头，二手车老板将电动车推进店内，景浩看了一眼挂在车把上的一大一小两个头盔，转身离开。

87. 文博大厦楼顶

通往楼顶升降台的旋转楼梯上，随处可见整理着装备的外墙保洁工。景浩跟在保洁队长马越身后走向升降台。马越四十岁左右，身穿工作服，个子不高却精壮有力。

马越：都厂长了，还来我这儿擦玻璃啊？

景浩：我这不手头紧嘛，越哥……

马越：别叫我哥，当年队里摔死人后你们全跑了，我一个人扛了半年。

景浩：我得赚钱养妹妹啊，再说我也没去别的保洁队，我转行了哥。

马越回头看了看景浩。

马越：那你也两年没干了。

景浩：给我一天熟悉熟悉就行，我原来干什么样你知道。

这时，两人走到楼梯顶端，马越上了升降机，景浩站在下面拉住了他的裤脚。

景浩：哥，我真没办法了，就这份工养得起厂子，求你了。

马越看了看他。

马越：松开。

景浩松开手，马越启动升降机，升降机缓缓向楼顶升去。

马越：资格证还在吗？

景浩：（一愣）**在。**

马越：没底薪啊，等我电话吧。

景浩：（笑）**谢谢越哥！**

说完，他松了口气，转头看向挂在窗外的一排外墙保洁工。

飞越保洁

88. 老杨堆货场/集装箱

一个不大的废品回收站，门口挂着“老杨堆货场”的招牌。院里一辆巨大的梅花爪挖掘机正在搬运废钢材，围墙边码放着各种重机和废料。

景浩和梁永诚跟在堆货场老板老杨身后从招牌下经过，走向院里的集装箱仓房。老杨看上去不到五十岁，精明强势。

老杨：堆放费和厂房租金一共三千，水电另算。

说着，他们走到集装箱门口。老杨打开集装箱门，里面凌乱破旧，布满灰尘，墙边堆着很多废旧桌椅。景浩走进去，兴奋地四处打量。门口传来梁永诚和老杨的讲价声。“便宜点，两千五。”“不行，你出去打听打听，还有比我这更便宜的吗？”“那两千八。”“不可能，就三千！你不要我租别人了。”

说着，他转身要走，这时景浩回头。

景浩：三千可以，但这些破烂得归我！

89. 集装箱 / 老杨堆货场

景浩和梁永诚把集装箱内的桌椅板凳全部拎到门口摆好。

景浩拎着最后两把椅子从集装箱里走出来，把椅子摆放到门口。集装箱前已经摆满了布满尘土的旧桌椅板凳，他转身走进集装箱。

集装箱里尘土飞扬，梁永诚戴着口罩正在清扫，景浩咳嗽了两声，戴上口罩也开始打扫。

90. 集装箱 / 老杨堆货场

景浩和梁永诚分别拿着一根水管，冲洗着集装箱。

两人一起冲洗着门外排开的桌椅板凳。

91. 集装箱

景浩用刮板利索地刮掉玻璃上的清洁泡沫，玻璃变得干净明亮。一边的梁永诚有样学样，刮掉自己面前玻璃上的泡沫。

92. 集装箱

景浩和梁永诚配合着把绿色地垫铺开。

地垫已经铺满了整个集装箱，景浩跟梁永诚各自拿着一块抹布蹲在地上，分别从两头往另一边擦去。

地垫整洁如新，景浩和梁永诚配合着抖开塑料膜，把塑料膜平整地铺在墙面上。

93. 集装箱

景浩和梁永诚把一张桌子抬到集装箱中间，与其他几张桌子拼成了一个大长条桌。

两人配合着在长桌上铺上了绿色的胶皮软垫。

景浩用胶布把胶皮软垫固定在了桌子上。

景浩和梁永诚分别在长桌的两侧放上了椅子。

景浩和梁永诚配合着在两排长桌中间依次插上支架。

景浩和梁永诚分别推着两辆装满设备的平板车走进集装箱，开始在长桌上挨个摆上设备。

94. 集装箱

景浩用胶带在地面上分区，梁永诚在墙面上贴上功能区字样，三个区分别为“整备区”“办公区”“堆货区”，景浩在最后剩下区域的棚顶挂上了“工作区”的牌子。景浩从凳子上下来，整个集装箱已经划分完毕。

景浩把一排木质的挂衣钩贴在墙上，然后在墙面原有的旧钉子上整齐地挂上了自己的营业执照、手机检修资格证等等。

景浩在门边贴上了考勤表。

景浩和梁永诚在工作区的墙面上挂上了一块黑板，顶上写着“完工进度表”，黑板上已经用胶带整齐地贴上了小格，他在最后一格工工整整地写上“完工大吉”。

95. 集装箱

景浩站在凳子上更换着顶棚上的灯管。

灯管更换完毕，景浩冲着不远处的梁永诚一点头，梁永诚便拉开总闸，集装箱内所有灯都亮起来了，排风扇开始运转，小流水线初具规模。

96. 老杨堆货场雨棚

景浩和梁永诚把苫布盖好，捆好绳子。两人抬头望去，一座被盖上苫布的巨大“手机山”伫立在他们面前。

梁永诚：我想到四个字。

景浩：嗯？

梁永诚：愚公移山。

景浩笑着点了点头。

梁永诚：就差愚公们了。

97. 人才市场广场

人才市场招工广告林立，人头攒动。中介小韩拿着扩音喇叭，带着一队应聘的打工者往大巴车走去，景浩和梁永诚也跟在旁边。

小韩：（大声）**刚才发给你们的登记表，车上就得填啊，到了别忘了给人家，谁要弄丢了，人家可不要你。**

说着，他瞥了一眼旁边的景浩和梁永诚。

小韩：你俩别跟了，我说了，一个月才八百没人跟你们干。

景浩：不是八百。

梁永诚：对，完活儿我们还给百分之二的提成，加起来每个月小五千呢。

小韩：那也是干完了才给啊，除了那帮死活找不着活儿的，肯定没人理你们。

说着，他指挥着打工者们依次上车。

梁永诚：那死活找不着活的有多少啊？

小韩：最多十个。

景浩/梁永诚：（对视一眼）**够了！**

98. 打工人食堂门口 / 打工人食堂

小韩领着景浩和梁永诚朝打工人食堂走去。

小韩：她叫汪春梅，是个单亲妈妈，以前在电子厂工作，干了好多年。

景浩：那怎么不干了？

小韩：耳朵坏了。她之前那厂子噪声太大，她干久了耳朵就不行了，后来就被厂子开了，听说现在还在打官司呢。

说着，三人走进打工人食堂，拥挤嘈杂的小饭馆里坐满了打工者。小韩指了指不远处的一个女服务员。

小韩：那个就是！

正收拾桌子的汪春梅看上去不到四十岁，个子很高，朴素勤快。

梁永诚：这不是有工作吗？

小韩：日结工，干不长。

这时，饭馆老板走到汪春梅身旁拍了拍她。

老板：先别收拾了，去给客人点菜。

汪春梅注视着他的口型，一脸困惑。

老板：（大声）**点！菜！**

说着，他指了指不远处的一桌客人，明白过来的汪春梅赶忙走到客人身旁掏出纸笔。

汪春梅：（大声）**吃什么呀？**

正看着菜单的客人吓了一跳，看向汪春梅。

99. 集装箱

汪春梅拿着热风枪无所适从地看着面前的 CPU，景浩站在一边给她讲解。

景浩：（喊）**这儿，从这儿下风枪！**

汪春梅扭头看向景浩。

汪春梅：（喊）**啊？这儿啊？**

景浩：（喊）**对！就这儿！**

汪春梅：（喊）**啊！**

景浩：（喊）**风枪要提前加热！**

汪春梅：（喊）**提前加热！然后呢？**

景浩咳了几下。

景浩：（喊）**然后抹助焊剂就行啦！**

助焊剂！

汪春梅：（喊）**助听器？**（笑）**别着急，厂长，过两天我儿子给我买的助听器就到了！放心吧！**

景浩看了看汪春梅，苦笑着比了个 OK，示意汪春梅继续。

100. 半地下室走廊 / 张龙豪家中

半地下室狭小局促，堆满了外发加工的购物袋半成品，墙上挂着张龙豪年轻时打拳的照片。张龙豪将鸡肝煮熟，放在碗里和玉米面一起捣碎，倒进狗盆里放到地上，几只脏脏的小狗瞬间便围了过来。他欣慰地摸了摸吃得正欢的小狗，起身抄起身边的购物袋，熟练地加工起来。他看起来四十多岁，长相可怕。

小韩：（镜外音）**他叫张龙豪，原来厂里的工头体罚新人，他仗着学过拳替人出头，就把工头打伤了，判了两年，放出来就没人敢用了。**

这时，有人敲了敲门，张龙豪把门开了一条缝，朝门外张望了一下，见到景浩、梁永诚和小韩三人。

张龙豪：找谁？

景浩：张龙豪吗？

张龙豪缓缓点了点头。

101. 集装箱

张龙豪的面前摆着一个刚拆坏的手机硬盘，景浩站在一旁有些着急地给他讲解。

景浩：我说多少次了，热风枪得预热到 350℃，均匀烘三分钟再拆，而且拆板先拆角，你这么拆损坏率很高的。

张龙豪"啪"的一下放下热风枪，景浩愣住了。

张龙豪：你再说一遍。

景浩吓得不敢吭声，张龙豪缓缓抬头看向他，目光凌厉可怖。

张龙豪：我没有听懂……

景浩：（松了口气）**哦……热风枪预热到 350℃，烘三分钟，然后顺四个角拆，就没问题了。**

张龙豪点了点头，低下头继续工作，景浩暗暗松了口气。

102. 网吧

烟雾缭绕的网吧里坐满了“重度网瘾者”，键盘声和叫骂声不断。景浩、梁永诚和小韩正坐在门口的沙发上。

小韩：（小声）**他们把身份证都卖了，五块钱就能活一天，吃喝拉撒睡都在网吧，所以叫他们“网吧大神”。这些人只想打游戏，压根儿不想工作。**

景浩点了点头，指向一个正在前台要纸杯的“网吧大神”，他看上去不到三十岁，瘦小邋遢。

景浩：那他为什么想找工作啊？

小韩：谈恋爱了，找了个本地姑

娘，人家竟然愿意嫁给他，所以才想找个正经活儿干。

这时，刘恒志提着一瓶水和三个纸杯走了过来，他挨个给小韩、梁永诚和景浩倒水。

刘恒志：厂长好！我叫刘恒志。

说着，他给景浩倒好水。

刘恒志：我这人最大的优点就是能熬，您随便加班，网吧连续包宿纪录就是我的，您猜我上次睡觉什么时候？

景浩尴尬地点了点头。

刘恒志：厂长，咱还缺人吗？我说动了我哥们跟我一起干，您要不要见见？

景浩：可以啊，他在哪儿？

刘恒志点了点头。

刘恒志：张超！

这时，张超从网吧后排中间的位置站了起来。他叼着烟双手不离键盘地冲景浩点了点头，约莫三十岁，又高又瘦，一身痞气。

103 集装箱

汪春梅、张龙豪、刘恒志和张超坐成一排，对面的景浩正认真讲解着拆机流程，这时，拿着笔记本的刘恒志举起手。

刘恒志：厂长，第 4 页，副板排线也没焊点啊，为什么要用热风枪？

景浩看了看他身旁打瞌睡的张超，走了过去。

景浩：这儿用枪不是吹焊点的，是吹后面的胶。但得注意啊，风枪到200℃就够了，别图快开到四五百，容易把副板烧坏。

说着，他走到张超身边拍了拍他。

景浩：你干吗呢？

张超：（惊醒）**啊？听讲呢。**

景浩：我讲什么了？

张超：流程嘛。

景浩：到哪步了？

张超：十几步吧……你再讲一遍。

景浩：你好好听啊，这活儿没那么简单。

张超：好好好。

这时，有人在外面敲了敲窗户。景浩转头看去，窗外的梁永诚冲他招了招手。

景浩走出门，张超不爽地瞥了他一眼。

张超：（嘀咕）**有什么了不起的……**

刘恒志捅了捅张超，示意他闭嘴。

104. 集装箱前/老杨堆货场

老钟头坐在轮椅上，他身后站着四位老人。他们一脸严肃地注视着面前的景浩和梁永诚。

梁永诚：（对景浩耳语）**老钟知道你弄了个厂子，非要带人来支援，说是要发挥余热，其实就是闲的。**

景浩：这能行吗？

梁永诚：后面那四位拆手机肯定不行，他们想做临时工，工资给点儿就行，也不要提成，咱不是正缺打包装箱的嘛。

景浩：那钟伯呢？

梁永诚：你知道他原来干吗的吗？

景浩：干吗的？

105. 集装箱

老钟头面前摆放着所有从主板上拆下来的细小元件，他得意地摘下修表用的放大镜看了看景浩，一旁的景浩神色复杂。

老钟头：哼，我干了半辈子表匠，他们谁能有我拆得细啊。

景浩：细是真细，但您不能把主板上的元件全抠下来啊，这全毁了。

老钟头一愣。

老钟头：你不早说。

景浩：我说过了，您没听啊！

说着，他指了指老钟头面前的流程图。

老钟头：啊？那对不住啊。

106. 集装箱前 / 老杨堆货场

工人们穿着统一工作服，吵吵闹闹地站成一排。前方的梁永诚正在废油桶上调整着相机构图。

梁永诚：准备好啊，按了。

说着，他按下延时快门，跑到工人中间。他边跑边朝站在边上的景浩招手。

梁永诚：厂长，到中间来啊！

刘恒志推了推景浩，景浩赶紧挪到中间。

梁永诚：预备，三，二，一，茄子！

“咔嚓”一声，照片落成。众人脸上洋溢着开心的笑容。集装箱门上挂着景浩原来手机维修店的招牌，只是招牌上的字改成了“好景电子元件厂”。

107. 摩天大楼外壁

烈日高悬，玻璃幕墙反射着耀眼的白光，景浩和其他“蜘蛛人”正挂在百米高楼外侧擦拭着大楼玻璃。他们在玻璃上喷上清洁泡沫，然后用刮板刮掉，最后用水管将玻璃冲洗干净。

玻璃的反射中，景浩满头大汗，他蹭了蹭头上的汗，打开随身的水管阀，从头到脚浇了个透，抹了把脸，转头看向城市的全景。高耸的摩天大楼上，一排外墙保洁工正在辛勤地工作，整座城市逐渐出现在他们身后——金色阳光下的深圳，高楼鳞次栉比，街道交错纵横，车辆川流不息，新时代的深圳正释放着勃勃生机。

108. 医院心外科走廊

景彤坐在长椅上看着景浩手机里的动画片，这时景浩边说着“谢谢大夫”边从不远处的诊室里走出来，他走到景彤身边拿起书包。

景浩：走吧。

景彤跳下长椅，牵上他的手走向走廊尽头。

109. 公交车内

夕阳下，公交车行驶在道路上，景浩和景彤坐在后排靠窗的座椅上，景彤正吃着手里的双皮奶。

景彤：医生说我好了吗？

景浩：好多了。

景彤：那就是没好……

说着，她沮丧地低下头，景浩看了看她。

景浩：会好的，你看那大楼，（示意窗外）**咱们刚来深圳的时候还没开始修呢，现在都修好了，你这么小不可能修不好。**

景彤抬头看向他。

景浩：彤彤你记住，只要我们努力，就没什么是不可能的。

景彤：嗯。

景彤低头继续专心地吃双皮奶，景浩看向窗外错落有致的楼宇。金色的夕阳透过一座座摩天大楼的缝隙将天际线描画得分外耀眼，整座城市散发着无限的生机和希望。

110. 集装箱（好景电子元件厂）/集装箱前

傍晚，工人们已经下班，集装箱里只有景浩和梁永诚两人。景浩正在办公桌前点钱，梁永诚边比对着计件表，边在墙上的完工进度表上画了几笔。

梁永诚：进度还是有点慢啊……

景浩：已经比上个月快了，应该能越来越快，不行我晚上再多做点。

说着，他掏出一沓钱递给梁永诚。

景浩：这是上个月厂租，水电钱您和老杨说说，我这个月跟队长多要点活儿，争取月中补给他。

梁永诚：（点了点头）**行。**

这时，有人在外面敲了敲窗户，他们转头看到一个流里流气的黄毛小混混（修家荣）站在窗外，梁永诚打开窗户。

梁永诚：找谁？

修家荣：（粤语）**外面那堆手机是你的？**

梁永诚看向景浩。

修家荣：（粤语）**你的？**

景浩：（点了点头）**嗯。**

修家荣：（粤语）**出来聊聊呗。**

111. 集装箱前 / 老杨堆货场一角

梁永诚站在集装箱门口，看着远处正站在“手机山”旁交谈的景浩和修家荣，这时景浩摆了摆手，转身朝集装箱走来，修家荣在后面喊。

修家荣：（粤语）**哎，你再想想呗，胆小发不了财！**

景浩头也不回。

景浩：（粤语）**不可能，你赶紧走吧。**

说着，他走到梁永诚身旁。

梁永诚：他想干吗？

景浩：拉我搞电子炼金。

梁永诚：电子炼金？

景浩：就是把电子元件往化学品里一泡，就能洗出贵金属来。

梁永诚：还能这样啊？能挣不少吧？

景浩：挣多少也不能干，犯法的。

梁永诚：哦，那确实不行，安全第一。

说着，他不放心地看向四下打量的修家荣，然后跟景浩进了集装箱。

112. 集装箱
（好景电子元件厂）

张超怒气冲冲地把一个装工资的信封摔在景浩的办公桌上。

张超：你凭什么扣我一百？

景浩：你上个月天天迟到早退，五天不来连假都不请，扣你一百有问题吗？

张超：我那是有事儿！

景浩：有事儿你也得说一声啊。

张超：那我下个月跟你说。

景浩：那我下个月给你全额。

张超：你什么意思啊？就是不给呗？

景浩：我要是给了你，对其他人不公平，我这个厂长还怎么当？

张超：你少拿厂长派头压我！在一破集装箱里拼几张破桌子，拆一堆破手机就是工厂了？你就是厂长了？有什么了不起的！

刘恒志赶紧过来拉住张超。

刘恒志：别说了，超！

张超：（甩开刘恒志）**凭什么不说啊？他不给钱他有理了？破他妈地方连空调都没有，还没网吧舒服呢。**

景浩：说完了吗？你想干就好好干，不想干就走。

张超：（一愣）**你记住了，不是你开的我，是我开的你！**

说着，他拿起桌上的信封就往外走，刘恒志赶紧拉住他。

刘恒志：超！

张超：你别管我！

张超甩开刘恒志走出了门，刘恒志尴尬地看向景浩。

刘恒志：对不起啊，厂长，他说话不走脑子。

景浩：没事。

景浩看了看工人们，工人们正看着他。

景浩：干活吧。

工人们开始干活，刘恒志也回到工位。景浩掏出钱包点了几百块钱抽出来，钱包里已所剩无几。

景浩：（对梁永诚）**梁叔。**

梁永诚走到办公桌前，景浩把钱递给他。

景浩：上个月水电钱，老杨来的时候给他吧。

梁永诚：（接过钱）**你还有钱吗？**

景浩：有。

梁永诚点了点头，回到自己的工位。景浩心事重重地看着认真工作的工人们。

113. 老杨堆货场外街道

中午，景浩边打电话边往老杨堆货场走去。

景浩：我这不弄了个厂子嘛，用钱的地方太多了。

房东：（镜外音）（粤语）**跟我有什么关系？你自己说你拖多少次房租了。**

景浩：王叔，您再缓我几天。

房东：（镜外音）（粤语）**还缓？这都两个月了！你今天必须告诉我，到底什么时候交租！**

景浩拍了拍听筒，装作信号不好。

景浩：喂？王叔，我这信号不好，喂？

房东：（镜外音）（粤语）**你别跟我装啊，景浩……**

景浩：喂？喂？我真听不见，回头打给您吧……

房东还在骂骂咧咧，景浩赶紧挂上电话，一脸尴尬地往堆货场走去。

114. 老杨堆货场 / 集装箱前 / 老杨堆货场角落

景浩走进堆货场，看到梁永诚、刘恒志、老钟头和张龙豪正坐在集装箱门口吃盒饭，七八个流里流气的人蹲在对面不远处抽烟聊天。

景浩：（对梁永诚）**什么人啊？**

梁永诚：找汪姐的。

说着他指了指雨棚的方向。景浩看去，只见汪春梅跟流氓头正激烈争论着什么。这时，刘恒志凑到他身边。

刘恒志：是她原来厂子派来的，他们不正打官司呢嘛，估计是想让她撤诉，之前来过几次了。

景浩：之前来也这么多人吗？

刘恒志：（一愣）**没有……**

景浩有些担忧地看向远处的汪春梅和流氓头。

115. 老杨堆货场角落 / 集装箱前

流氓头凶狠地看着汪春梅，汪春梅神色严肃，不卑不亢。

汪春梅：我说多少次了，我不签！

流氓头：别人都签了，就你事儿多，你耳朵是金子做的？

汪春梅：对，我耳朵就是金子做的。这么多年都不给防护设备，把我们耳朵弄成这样，我要是签了，你们就更不把工人当人了！

流氓头：你他妈一臭打工的，跟厂子较什么劲啊？赶紧签！

汪春梅 我最后说一次，我不签！回去告诉你老板，等着法院判吧！

说着她转身要走，流氓头一把抓住她胳膊，她试图甩开。

汪春梅：（喊）**你松开！**

流氓头：我他妈让你走了吗？

汪春梅：松手！你拽我干吗，你松开……

流氓头突然给了汪春梅一记耳光，汪春梅的助听器被打落在地，她愣住了。

116. 集装箱前 / 老杨堆货场角落

目睹这一幕的梁永诚愣了一下，转头想和景浩说什么，却发现景浩已经不见了踪影。

117. 老杨堆货场角落 / 老杨堆货场 / 集装箱前

汪春梅蹲下来，慌张地捡着摔坏的助听器，流氓头嚣张地点了根烟。

流氓头：妈的，给脸不要脸……

他话音未落便被人从背后一脚踹飞了出去。他扑倒在地，捂着腰回头看去，发现景浩正站在他身后怒气冲冲地瞪着他，流氓头愣了一下，马上反应过来。

流氓头：我操！（对远处的流氓们大喊）**愣着干吗呢？给我打啊！**

流氓们这才反应过来，一齐朝景浩冲了过来。流氓头也起身扑向景浩，两人缠斗倒地，滚作一团。

118. 老杨堆货场 / 老杨堆货场角落 / 集装箱前

眼看流氓们冲向景浩，老钟头抽出拐棍大喊。

老钟头：刘儿！推着我上！

刘恒志：（大喊）**您把住喽！**

说着，他推上老钟头猛冲了出去。他们从侧面斜插过来，老钟头手起棍落扫倒了跑在前头的流氓甲，流氓们转而开始围攻他们，刘恒志灵巧地左躲右闪，口中大喊着“王八蛋欺负女人！游戏里我连女号都不打！”老钟头则坐在轮椅上如骑兵般挥舞着拐棍。两人合体几进几

出，流氓们被冲散开来。这时，梁永诚也高喊着“别动手！安全第一！”冲了过来，他一边抱住一个流氓，一边冲着其他流氓下黑脚。

梁永诚、老钟头和刘恒志虽然英勇，但毕竟寡不敌众，他们瞬间便被流氓们放倒，团团围住。流氓甲抢过拐棍，高声大骂。

流氓甲：“妈的，三个老弱病残，找死！”

说着，他挥起拐棍砸向三人，这时突然有人从后面抓住拐棍。他回头看去，发现此人正是张龙豪，没等他反应过来，便被张龙豪一拳掀翻在地。张龙豪放下拐棍，掖了掖手中没缠好的毛巾，摆好架势平静地看向剩下的流氓。流氓们一愣，开始向他发起进攻。他目光凌厉，迈着拳击的步法且战且退，一拳一个击倒来犯的流氓，一个个流氓应声倒地，摔成一排。

119. 老杨堆货场角落 / 老杨堆货场 / 集装箱前

蹲在地上的汪春梅无助地注视着手中的助听器，助听器已经碎成两半，她身后的景浩等人依旧与流氓们战成一团。她缓缓转过头来，双眼含泪望向混战中的流氓头。

120. 老杨堆货场 / 集装箱前

流氓们背靠“手机山”挤成一团，流氓头被一脚踹进来，他们恐惧地看着逐渐逼近的景浩和豪哥等人。

流氓头：你们他妈是工人吗？黑社会吧！

景浩：我告诉你，你们要是再敢来……

他话没说完，身后突然传来一声玻璃碎裂的巨响，众人回头望去，只见远处围墙上的消防箱玻璃被汪春梅砸碎了，汪春梅再次抡起椅子砸向消防箱，玻璃被彻底砸碎，散落一地，她伸手进去将里面的消防斧拽了出来，转头咆哮。

汪春梅：助听器我娃娃给我买的！老子砍死你！

说着，她拖着斧头径直走向流氓头，景浩吓得赶紧冲上去拽住她手中的斧头。

景浩：（喊）**姐，冷静！会死人的！冷静！**

其余人反应过来，都七手八脚地抱住汪春梅。汪春梅拖着他们，愤怒地向流氓们挪动。

景浩：（喊）**姐！我能修！助听器我能修！我保证给你修好！**

流氓们吓得瑟瑟发抖，纷纷指向景浩。

流氓们：（喊）**姐！他说他能修！他能修！**

汪春梅看向景浩。

汪春梅：他们说什么？

景浩：助听器我能修！我能修好！

汪春梅：真的吗？

景浩惊魂未定地连连点头，汪春梅慢慢露出了委屈的表情。

汪春梅：谢谢厂长……

说着，她松开了手中的消防斧，斧头“当”的一声躺在了地上。

121. 公安局大厅

夕阳西下，大厅角落的一张长桌旁，汪春梅、张龙豪、梁永诚、景浩、老钟头和刘恒志坐成一排，每个人面前都摆着纸笔，一个警察坐在景浩对面。

警察：你们保护自己人没错，但也得有个度啊，要真打出事儿来，你们厂子还开不开了？

景浩：对不起，我们是不该动手。

老钟头：厂长，甭道歉啊，他们欺负咱女工，又是他们先动的手。咱凭啥道歉啊！

警察：老伯，你嚷嚷什么啊！你们要再打狠点儿，就算防卫过当了，就跟他们一样拘留了，明白吗？

老钟头：哼，吓唬谁呢！

警察站起身。

警察：行了，写保证书吧，写完了走。

说着，他走开了，景浩他们拿起笔开始写保证书，汪春梅愧疚地看了看大家。

汪春梅：（大声）**给大家添麻烦了。**

远处的警察回头看了看这边，汪春梅意识到自己的声音有些大，压低声音继续。

汪春梅：我晚上请大家吃饭。

张龙豪、景浩、老钟头和刘恒志齐刷刷地朝汪春梅比了个 OK。这时，坐在另一头的刘恒志忽然开口。

刘恒志：我这也有顿饭。

众人又齐刷刷地转头看向刘恒志。

刘恒志：（笑）**我下月 3 号结婚。**

大家听到这个消息有些惊讶，随即纷纷向他道喜。

122. 城中村篮球场（刘恒志婚礼现场）

城中村祠堂前的一片露天篮球场已经被布置成了婚礼现场，篮球场周围围满了看热闹的村民。午后的阳光洒满每一个角落，十七八桌的婚宴错落排开，坐满前来贺喜的亲友。景彤和好景电子元件厂的员工们就坐在离主桌最近的一桌。

众人纷纷望向主桌前的简易舞台，台上的刘恒志穿着宽大土气的西装，紧张地握着妻子吴晓丽的手，他们身后的电视上播放着二人的照片集锦。一身正装的景浩正站在他们身前，紧张地念着一份手写的发言稿。

景浩：大家好，我是好景电子元件厂的厂长景浩。今天我很荣幸来参加刘恒志先生和吴晓丽女士的婚礼，在这里我衷心地祝他们夫妻二人新婚快乐，永结同心，早生贵子，白头到老……

这时，台下响起了掌声，景彤也开心地给哥哥鼓起了掌。

刘恒志先生
百年
万载一贤

丽小姐
婚誓
好合
千年

123. 城中村篮球场（刘恒志婚礼现场）

篮球场外的一栋居民楼上，两个村民用竹竿挑着一盘上万响的鞭炮从三楼窗口放下来。他们点燃鞭炮。鞭炮声中，婚礼正在进行，人们笑着捂住耳朵，一脸喜庆，景浩也捂着景彤的耳朵，一脸开心。

124. 城中村篮球场（刘恒志婚礼现场）

☀

夫妻双方交换戒指，刘恒志郑重地把金戒指套在吴晓丽的无名指上，台下众人一阵欢呼。台上的刘恒志哽咽起来，吴晓丽“嫌弃”地捅了捅他。

125. 城中村篮球场（刘恒志婚礼现场）

刘恒志和吴晓丽走到双方父母面前敬茶，吴晓丽抬头看向父母，泪水止不住地流下来。父母也泪眼婆娑地点着头。

126. 城中村篮球场（刘恒志婚礼现场）

随着台上开始了热闹的歌舞表演，宴席正式开始。角落里临时厨房里的大厨师正对食材进行着烹炒煎炸，几个大厨通力协作，砧板笃笃作响，灶头火力全开，锅里翻炒出一片片火花。

127. 城中村篮球场（刘恒志婚礼现场）

传菜员们端起菜盘从帐篷中依次走出，路过篮球架时有几个小孩正在追跑投篮，传菜员们边驱赶着小孩边走向宴席各桌。

128. 城中村篮球场（刘恒志婚礼现场）

菜品上桌，亲友们兴高采烈地吃喝交谈。一位母亲正喂着怀里的孩子，一位老奶奶一杯酒下肚，笑靥如花。景彤也两手并用，大快朵颐，好不热闹。

129. 城中村篮球场（刘恒志婚礼现场）

刘恒志、吴晓丽和张超来到好景电子元件厂这一桌。景浩、景彤、梁永诚、张龙豪、汪春梅等纷纷起立，老钟头也举起酒杯。刘恒志和吴晓丽端着酒杯和景浩碰杯。

景浩：恭喜恭喜。

刘恒志 / 吴晓丽：谢谢厂长。

说着他们开始跟众人挨个碰杯，景彤也认真地举着饮料和刘恒志、吴晓丽碰了杯。这时景浩和张超对上了视线，两人尴尬地互相点了点头。刘恒志和吴晓丽跟大家碰完杯，举杯一饮而尽，景浩等人也纷纷喝下杯中的酒水。

刘恒志：大家吃好喝好啊！

吴晓丽：厂长，你有女朋友吗？

景浩一愣，摇了摇头。

吴晓丽：（笑）**太好了。**

说着，她回头招手，一群女工嘻嘻哈哈地冲了过来，把景浩围了起来。

吴晓丽：这都是我们工地开重机的姐妹，你们好好聊聊。

说着，她带着刘恒志和张超奔向了下一桌。女工们叽叽喳喳地和景浩聊天，景浩逐渐红了脸，梁永诚等人见状大笑起来，景彤也在一旁边吃边笑。

130. 城中村篮球场（刘恒志婚礼现场）

张龙豪坐在桌旁，用棒骨逗弄着一只小狗。这时，汪春梅坐过来拍了拍他，递给他一杯酒。张龙豪一愣，赶紧松开棒骨郑重地双手接过酒杯。汪春梅举杯，两人碰杯后一饮而尽，张龙豪看着笑眯眯的汪春梅，一时有些不知所措。

131. 城中村篮球场（刘恒志婚礼现场）

景彤和七八个孩子好奇地围在老钟头的身边，老钟头正得意地给孩子们讲着年轻时当兵的经历。

老钟头：作为排长，这时候我不上谁上啊，谁知道我刚掏出排雷的家伙，就听到脚下“嘣”的一声……

孩子们一激灵，老钟头突然掀起裤腿，露出那条只剩半截的断腿。

老钟头：我这条腿就没了！哈哈哈哈！

景彤吓得一哆嗦，其余的几个孩子开始吱哇乱叫，一个小孩“哇”的一声哭了，老钟头有些慌张，他赶紧把小孩搂进怀里安慰起来。

老钟头：没事没事，爷爷一点都不疼，哈哈哈哈……

132. 城中村篮球场（刘恒志婚礼现场）

舞台上，电视中正播放着《母亲》的 MV，喝得满脸通红的梁永诚正用美声唱法深情演唱着这首歌，唱到动情处，他跳下台跟主桌的四位老人挨个握手互动，惹得四老眼泪汪汪。不远处，景彤和几个孩子正跟着音乐的节奏高兴地扭动着，好似梁永诚的应援团一般。

133. 城中村篮球场（刘恒志婚礼现场）

女工们终于走了，景浩松了口气。这时，张超突然坐到了景浩旁边，醉醺醺的他往桌上放了两瓶啤酒。

张超：厂长……之前怪我，我给您表演个“小旋风”！

说着，他举起酒瓶，喝酒的同时手腕一抖，在酒瓶中晃出一个漩涡，景浩震惊地看着他一口干了整瓶。他对景浩亮出空酒瓶，打了个响嗝。

张超：我干了，您随意！

景浩想了想，拿起另一瓶也喝了起来，张超开心地笑了起来。

134. 城中村篮球场（刘恒志婚礼现场）

夕阳西下，已经满脸醉意的景浩有些出神地看着远处。远处，景彤正套着一个儿童用的小号狮子头和另外几个孩子开心地玩着，把在旁休息的舞狮队逗得前仰后合。

这时，梁永诚坐到了景浩旁边，拍了拍景浩。

梁永诚：（嘶哑）**还行吗？**

景浩：（模仿梁永诚的声音）**我没事儿啊。**

梁永诚：（笑）**讨厌！**（指了指自己的嗓子）**太久没发挥了。**

说着，他开了瓶啤酒。

梁永诚：（嘶哑）**小景。**

景浩：（嘶哑）**啊？**

梁永诚：没完了你！

他给景浩和自己各倒了一杯啤酒。

梁永诚：干完这活儿，你想干什么啊？

景浩：您知道啊，把我妹妹治好。

梁永诚：我说的是你自己，你自己想干什么？

景浩看了看梁永诚，想了想。

景浩：我想回去把大学读完。

梁永诚看了看景浩，举起酒杯，两人碰杯饮酒，一齐看向眼前幸福的人间天堂。

135. 公交车内

兄妹俩并排坐在公交车上，景浩靠着窗户睡得口水直流。景彤从兜里掏出小手帕，认真地帮景浩擦净口水，有些心疼地看着哥哥。

136. 公交车内 / 城中村外公交车站

公交车到站，景彤拉着迷迷糊糊的景浩走下公交车。他们手牵手朝家的方向走去。

137. 景浩家楼下街道

景浩和景彤走到单元门口，开门走了进去。

138. 景浩家楼道

景浩跟在景彤身后上楼，他边掏钥匙边走到家门口。这时，景彤拽了拽他，示意他看门上。他抬头看去，发现门上又贴了告示，上面的字变成了“交租开门”。他愣了一下，赶紧掏出钥匙，却发现钥匙已经捅不进锁眼了。

139. 景浩家楼道

景彤蹲在楼梯栏杆旁探出头，望向楼下正打电话的景浩。

景浩：我还带着妹妹呢，您先把门打开吧……

房东：（镜外音）（粤语）**不行，我要是开门，你拿上东西跑了怎么办？**

景浩：我在这儿住两年了，我能跑哪去？

房东：（镜外音）（粤语）**我哪知道？你赶紧把三个月房租补上，之后你爱去哪去哪。**

景浩：我现在真没钱，您再容我几天，我尽快……

房东：（镜外音）（粤语）**别废话了，不交租不开门！**

说着，他挂了电话。景浩懊恼地放下手机，叹了口气，望向楼上的景彤。他招了招手，景彤起身，跟着他下楼走出了单元门。

140. 路边摊

景浩和景彤坐在路边摊的矮桌旁，桌角有两个已经空了的纸碗。景彤疲倦地趴在作业本上，景浩打着电话，电话那头传来“您好，您拨打的电话暂时无人接听……”。景浩恼火地看了看手机上“小陶”的名字，挂断了电话。

景彤：哥，我困了……

景浩：作业写完了吗？

景彤：嗯，咱们今天睡哪啊？

景浩看了看她，不知如何回答。

141. 爱心养老院门口

夜已深，景浩抱着睡眼惺忪的景彤站在爱心养老院门外，这时，门开了，梁婶探出头来。

梁婶：（小声）**小声点，别让老板听见。**

景浩：（小声）**谢谢梁婶。**

说着，他跟着梁婶进了门。

142. 爱心养老院 梁永诚房间

房间局促狭小，一侧放着一张病床，另一侧放着一张狭窄的行军床，中间隔着一个床头柜，上方拉着一块床帘。右侧的病床上，醉醺醺的梁永诚和自己瘦弱的老父亲挤在一起，已经睡着。左侧的行军床上，景彤已经睡熟，景浩坐在床边给她掖了掖被子，看了看她便轻声起身出了门。

143. 爱心养老院 梁永诚房间

景浩走出房间，梁婶抱着被褥走来。

梁婶：睡着了？

景浩：嗯，我一会儿就回来，麻烦您了。

梁婶：没事儿，你去吧。

景浩点了点头，走向门口。

144. 小仓库收发室 / 租赁仓库大厅

小电视上播放着深圳本地新闻，仓管跟两个职员正在喝酒聊天。

本地新闻：市气象局预计，7—9月将有4个热带气旋进入深圳五百公里范围以内，目前深圳天气已由前汛期转换为后汛期，市气象局提醒广大市民，密切关注最新天气预报和台风预警信息，及时做好安全防护措施……

这时，有人敲了敲窗户，仓管转头看去，发现来人是景浩。

景浩：小陶呢？

仓管：没在宿舍吗？

景浩：没在，他还能在哪儿？

145. 棋牌室

棋牌室里烟雾缭绕，灰暗嘈杂。陶志勇正在角落的一桌打着麻将。他把摸到的“三萬”打出去，下家直接推牌。

下家：和了！（笑）**给钱给钱！**

陶志勇懊恼地从桌上点出几十块钱扔给下家。

陶志勇：真他妈背，再来！

这时，棋牌室的门被猛地推开了，陶志勇抬头见景浩正怒气冲冲地朝自己走来。

陶志勇：（一愣）**你怎么来了？**

景浩：你说呢！你他妈不还钱，在这儿赌钱！

说着，他拽起陶志勇就往外拖。

景浩：出来！

陶志勇急忙把桌上的钱揣进兜里，嘴里还嚷着："干吗啊你，发他妈什么疯啊！"

146. 陶志勇打工宿舍／陶志勇打工宿舍门外

狭小的宿舍里有四张上下铺，满地都是杂物。陶志勇的东西已经被翻得乱七八糟，景浩正翻找着床头柜，陶志勇站在门口无奈地看着他，宿舍里的工友们也在各自的铺位上注视着他。

这时，景浩从床头柜抽屉里翻出了二百多块钱塞进兜里，起身朝宿舍门口走去。

陶志勇：你真是一点脸都不给我留啊，真他妈够朋友。

这时，景浩走到他面前。

景浩：你说你妈病了我才借你的，她真病了吗？

陶志勇一下被噎住了。

景浩：你真是什么瞎话都敢编啊，烂赌鬼。

说着，他扒开陶志勇向楼梯口走去，陶志勇愤怒地在后面大喊。

陶志勇：你他妈没赌吗？你赌得比我大多了！你输了你妹妹就没了！

景浩没理小陶，自顾自地走向走廊尽头。夜色中的宿舍楼，每一层都密密麻麻地排布了统一制式的房间，整栋大楼显得冰冷单调。

147. 集装箱（好景电子元件厂）

景浩把梁永诚送到集装箱门口。

梁永诚 房东那真不能谈了？

景浩：（摇了摇头）**欠三个月租，就补了那么点儿钱，要不是您帮我垫了点儿，人家东西都不一定还我。再说这儿挺好的，有水有电。**

梁永诚：行，你有事儿跟我说啊。

景浩：好。

梁永诚转身出了门。景浩关上门，转头看去，集装箱尽头的角落里放着一张旧床垫，旁边只亮着一盏小台灯，周围放着几个旅行箱和编织袋。景彤裹着毯子坐在床垫上，有些胆怯地看着这

边。景浩走到景彤身边，蹲下开始收拾箱子。

景彤：哥哥，我们为什么不住梁伯伯家了？

景浩：咱们已经住一晚了，不能总麻烦人家，对吧？

景彤点了点头，胆怯地看向景浩身后。景浩看了看她，回头看去，长长的集装箱显得幽暗异常。

景浩：害怕了？

景彤：嗯。

景浩看着景彤，若有所思。

148. 集装箱（好景电子元件厂）

景浩把一个个成品箱堆放到顶，集装箱的尽头已经被一摞摞成品箱围出了一个小房间。床垫靠墙放着，旁边还摆了一张小桌子，桌上是拆手机的工具。躺在床垫上的景彤放松了不少，景浩坐到她身边。

景浩：好点了吗?

景彤：嗯。

景浩：（笑）**那睡觉吧。**

景彤点了点头，景浩刚要起身就被她抓住了衣角。

景彤：你去哪?

景浩：我就在这儿干活儿。

说着，他指了指桌子。

景彤：你一直都在吗?

景浩：一直都在。

景彤点了点头，景浩摸了摸她的脸。

景浩：睡吧。

景彤安心地闭上眼睛。景浩起身从旅行箱里拿出马玉霞的照片，放在墙边的小桌子上，他看了看照片，开始拆起手机来。

堆货区

149. 集装箱（好景电子元件厂）

清晨，手机闹铃响起，趴在桌上的景浩摸起手机按掉闹铃，转身轻轻拍了拍熟睡中的景彤。

景浩：起床了。

景彤睡眼惺忪地坐起来，景浩起身端上脸盆走了出去。

150. 集装箱（好景电子元件厂）

景浩蹲在电磁炉前煮着白粥。景彤坐在脸盆前的小板凳上刷牙。

151. 集装箱（好景电子元件厂）

景彤坐在饭桌前急匆匆地把最后一口包子塞进嘴里，赶忙起身跑过去帮景浩将成品箱逐个搬回原处。景浩看着她欣慰地笑了。

152. 集装箱（好景电子元件厂）

景浩背上书包，景彤吃完药，兄妹俩走出了集装箱。集装箱恢复了原样，成品箱围成的小房间已经消失不见，床垫、小桌子等简易家具也被归置到墙角。小桌上马玉霞的照片前也点上了一炷香。

153. 集装箱（好景电子元件厂）

梁永诚打开门，工人们走进来，走在队尾的他发现大家都在看墙边的床垫等家具，他拍了拍手。

梁永诚：别看了，签到。

说着，他关上门，在门后贴着的出勤表上签上名，取下门边挂着的工作服开始更换。汪春梅、张龙豪、老钟头、刘恒志和张超也依次在出勤表上签名，更换工作服。

154. 老杨堆货场

“手机山”前，张龙豪把一堆手机抱到推车上，推着车进了集装箱。

155. 老杨堆货场

“手机山”越来越小。

156. 集装箱（好景电子元件厂）

流水线上所有工人都在认真工作。

梁永诚小心地将摄像头从手机上拧下来，放在软垫上；

汪春梅用镊子拆下 CPU，在海绵上蹭了蹭助焊剂；

张龙豪放下热风枪，轻轻撬开手机硬盘的一角；

刘恒志边查看笔记本边小心地拆卸外壳；

张超拿着热风枪小心地吹着屏幕，然后从屏幕上拆下了内屏；

老钟头拆完坏的电容后抬头看了看面前的拆机图，接着装上了新的电容；

养老院老人 A 和 B 把一个个元件装进塑封袋中；

养老院老人 C 把塑封袋逐一装箱，贴胶布封箱；

养老院老人 D 把成品箱堆放到墙边。

微电脑电热板
CE

157. 集装箱（好景电子元件厂）

成品箱越来越多。

158. 集装箱（好景电子元件厂）

贴在墙上的完工进度表越来越趋于填满。

159. 摩天大楼外壁

景浩挂在大楼外壁上，他将玻璃上的泡沫用刮板刮掉，然后把刮板扔进桶里。趁着胶皮管给水桶蓄水的空当，他从包里掏出包子，吃起午饭。

这一层内部是一间西餐厅，靠窗的客人们正悠闲地吃饭聊天。

160. 保洁队中巴车 / 保洁队中巴车外

景浩和一群外墙保洁工正把装备搬上中巴车，马越坐在中巴车里算账。

马越：小景，下周二八点啊，京基 100。

景浩：好嘞，谢谢越哥。

说着，他挥了挥手，下了中巴车。

161. 公交车上

夕阳下，下班高峰期的公交车十分拥挤，人们疲倦地或站或坐，景浩怀抱着景彤坐在后排靠过道的位置，沉沉地睡着。

162. 集装箱（好景电子元件厂）

景彤坐在床垫旁的矮桌前边写作业边挠着胳膊上的红包。

163. 集装箱（好景电子元件厂）

床垫周围已经点了几盘蚊香，景彤盘腿坐在床垫上，景浩坐在对面帮她涂花露水，景彤痒得扭来扭去。

景彤：（笑）**痒，痒。**

景浩：别动，坐好了。

景彤乖乖坐好，仍然“咯咯”直笑。

164. 集装箱（好景电子元件厂）

景浩在床上给妹妹涂花露水，两人逐渐嬉闹起来，笑得前仰后合。最终，景彤抱着哥哥，两人一起倒在床上。景浩抱着景彤躺在凉席上，轻轻地拍着景彤的后背。这时，他耳边传来了景彤的声音。

景彤：哥哥，我会死吗？

景浩：不会，我们很快就能做手术了。

景彤：手术疼吗？

景浩：不疼，睡一觉起来就好了。

景彤：嗯。

景浩继续轻轻地拍着景彤的后背，景彤静静地趴在哥哥的胸口。

165. 集装箱（好景电子元件厂）

小桌子上的台灯依然亮着，景浩给景彤盖好被子，起身坐到桌前，他回头看了看已经睡熟的景彤，然后开始认真拆起手机来。

166. 集装箱（好景电子元件厂）

傍晚，坐在办公桌前的景浩将一个装着工资的信封递给张超，张超偷偷打开数了数。

景浩：（笑）**别数了，全额。**

张超：（笑）**谢谢厂长呗，下周见！**

景浩：下周见。

张超转身走出集装箱，和其他领到工资的工友们一起有说有笑地下班了。集装箱里只剩景浩和梁永诚两人，梁永诚在成品箱前计着件，景浩翻看着进度表。

景浩：这个月进度不错啊。

梁永诚：都三个月了，怎么样都上手了。再说你也没少干啊。

景浩笑了笑。

梁永诚：最后这个月赶一赶，应该能按时交。

景浩：（点了点头）**厂租那边拖多久了？**

梁永诚：一周前就该交了，老杨催我好几次了。

景浩：下月初我发工资，到时候把厂租和水电一起给他。

梁永诚：行，我再跟他说说。

景浩：好。

167. 集装箱（好景电子元件厂）

深夜，景浩趴在小桌子上睡着了。景彤裹着毯子胆怯地拍了拍景浩。

景彤：哥哥，哥哥……

景浩迷迷糊糊地醒过来看向景彤。

景浩：想尿尿啊？我去拿盆……

景浩刚要起身，景彤拉住他，指了指窗外。

景彤：外面有声音……

景浩愣了一下，转头看向窗外。

168. 集装箱 / 老杨堆货场 / 货车内

景浩半推开集装箱门，看了一眼堆货场大门，发现大门半开着，门锁已被剪开扔在地上。他有些狐疑地推开另外半扇门朝另一边看去，发现一辆陌生的货车正停在“手机山”旁。两个人影（修家荣和炼金犯同伙）正在货车和“手机山”间往复地向车里搬着箱子。

景浩：你们干吗呢？

两人看着远处的景浩，愣在原地。

炼金犯：（粤语）**怎么有人住这？**

修家荣：（粤语）**我他妈怎么知道，跑啊！**

说着，两人慌忙将手里的货箱扔进车斗，炼金犯钻进驾驶座，修家荣钻进副驾驶座。景浩看到这一幕，赶忙边大喊着“别跑！”边冲向货车。这时，货车司机一脚油门便向着景浩冲来，丝毫没有停下的意思，景浩侧身一闪，货车划过景浩身侧，朝着堆货场大门驶去。

景浩见状，急跑两步追上货车，蹿上去便拉开副驾驶一边的车门。修家荣和炼金犯吓了一跳，景浩用力拉扯修家荣，两人在驾驶室里撕扯起来。

景浩：停车！把东西还我！

修家荣：（粤语）**你他妈放手！放手！**

慌乱之下，司机勉强控制着货车，摇摆着驶向堆货场大门。

169. 集装箱 / 老杨堆货场

景彤惊恐地跑出集装箱，她发现景浩正在车上和修家荣撕扯，货车摇摆着加速冲向堆货场大门。一声巨响，货车撞开大门冲了出去，拐向主路。

景彤：哥哥！

她急忙向堆货场外追去。

170. 公路 / 货车内

货车一个急转弯拐上一条公路。惯性把景浩的身体甩到空中，他死死扒住副驾驶门边，随着惯性重新站回了脚踏上。

修家荣：（粤语）**你是不是疯啦！**

景浩：停车！把东西还我！

说着，他用力一拉，车门开了，他险些失去平衡，这时，对向车道突然驶来一辆轿车，擦着他后背疾驰而过，修家荣赶忙拽回车门。

修家荣：（粤语）**你他妈不要命啦！**

景浩：把东西还我！

他一把抓住修家荣肩膀，两人撕扯起来。

修家荣：（粤语）**松手！**

景浩：还我东西！

修家荣：（粤语）**你松手！**

景浩：还给我！

炼金犯惊恐地看着他们，货车缓缓驶到了对向车道，这时，一辆卡车迎面驶来。尖锐的鸣笛声和刺眼的车灯光让炼金犯回过神来，他猛打方向盘，车头向右甩去，景浩和修家荣向左倾倒，躲过卡车的炼金犯又急忙向左打回方向，景浩和修家荣猛地向右被甩出了车外，重重摔在地上，翻滚了几圈。炼金犯急忙刹车，他探头向后看去，只见车后不远处，趴在地上的景浩和修家荣已经昏死过去。刚刚错车的卡车打着双闪停在了两人身后的路边，卡车司机打开车门下车查看情况，炼金犯惊慌地启动货车，逃离了现场。

171. 公路

　　伴着耳鸣声，景浩苏醒过来，他看到修家荣趴在不远处晕了过去。他艰难起身。

　　卡车司机：你没事吧？

　　景浩：报警。

　　说着，他跌跌撞撞地走过去，跌坐在晕倒的修家荣身边，伸左手按住了他。这时，景浩才发现自己的左手上全是血，中指和无名指已经摔断，正以奇怪的角度弯曲着。

　　景彤：哥哥……

　　景浩抬头看去，发现景彤正站在不远处惊恐地看着自己，她只穿着背心、短裤，拖鞋也跑掉了一只。她满脸泪痕，瑟瑟发抖。景浩藏起了左手，用右手朝她招了招手。她走了过来，景浩将她搂进怀里，景彤却挣脱开景浩。

　　景彤：（颤抖）**你手怎么了？**

　　景浩再次把她搂进怀里，轻轻拍了拍她。

　　景浩：没事儿，没事儿……

　　景彤：（哭）**你手怎么了……**

　　景彤哭了起来。长长的公路边，卡车司机正在跟警察通话，景浩抱着景彤静静地坐着。深夜的公路上不时有车飞驶而过，越发显得兄妹俩渺小无助。

172. 医院急诊室

医生拧开双氧水瓶，抬起景浩的左手，轻轻朝伤口处洒着双氧水，双氧水混着血液不断滴落在消毒台上。景浩疼得满脸通红，景彤站在旁边紧张地看着他。他摸了摸景彤的头，身体却不住地颤抖。

173. 公安局办公室

办公室的一角，修家荣和几个炼金犯被铐在一起。另一边，景浩坐在办公桌前，他的手已经固定好夹板。景彤正裹着毛毯坐在不远处的长椅上。这时，一个警察走进来，坐到了景浩对面。

警察：东西找到了，你把手续办完，回头我们把东西给你送回去。

景浩：谢谢。

警察：没事。要不是你我们也抓不到他们。

说着，他把一份文件和一支笔递给了景浩。

警察：这么危险的事儿以后还是别干了，这帮搞电子炼金的什么事儿都干得出来。为了一堆几年前的旧手机命都不要了，不至于啊。

景浩转头看了看不远处有些疲倦正东张西望的景彤。

景浩：至于。

景浩拿起笔在文件上签了字，领着景彤走向外面。

174. 公交车上 / 街道

太阳初升，街道上只有零星的清洁工和刚出来的早点摊。

景浩坐在公交车后排，景彤裹着毯子躺在他腿上熟睡着。他看了看景彤和自己受伤的手指，面色凝重。

175. 摩天大楼外壁

摩天大楼的玻璃幕墙被阳光烤得炙热。抬头仰望，刺眼的阳光中，一个黑点正急速下坠，那是“蜘蛛人”工作时装备的水桶。

随着一声剧烈的声响，水桶和里面的工具在地上摔得粉碎。

176. 保洁队中巴车 / 保洁队中巴车外

马越和景浩站在中巴车里。

马越：把手套摘了。

景浩愣了一下，看着马越深沉的脸色，没动。

马越：摘了！

景浩低着头犹豫了一下，强忍着疼痛，小心翼翼地将手套摘了下来，手指上还绑着固定用的小夹板。马越气得将手中的手套扔向景浩。

马越：这样上工几天了？

景浩：三天。

马越：这次是桶掉下来，下次要是你掉下来呢？你他妈懂不懂规矩，带伤你还敢上？收拾东西走人。

景浩：（低头小声）**能不能让我干到月底？**

马越：钱重要命重要？你不想活命，我他妈还想接着干呢！赶紧走。

景浩顿了顿，转身走向车外。

马越：等会。

景浩回过头，只见马越掏着兜，从里面数出些钱，甩给景浩。

马越：三天对吧，五天的钱，走吧。

景浩低头看着手里的钱。

景浩：对不起，越哥。

马越低着头没理他。景浩拿着钱转身离开。

177. 公交车上

夜幕降临，车外下着小雨。景浩和景彤坐在后排靠窗的位置。景浩茫然地看着窗外，划过玻璃的雨水逐渐变多。

178. 集装箱（好景电子元件厂）

外面下着雨，景彤坐在床垫旁的矮桌前写作业。景浩坐在小桌子前，手里拿着电烙铁愣愣地看着窗外，雨水打湿的玻璃上，三四只红蚂蚁正缓缓向上爬行，一行行雨水顺着玻璃缓缓流到蚂蚁身上，蚂蚁被冲得连连后退。

景彤：哥哥，哥哥！

景浩回过头，发现电磁炉上的煮锅正在冒烟，他赶忙起身跑去打开锅盖。一股黑烟冒了出来，锅里的菜已经煳成黑色，他懊恼地关掉电磁炉，打开抽气扇抽着屋里的黑烟，歉疚地看向景彤，发现景彤正不安地看着他。

179. 集装箱（好景电子元件厂）/老杨堆货场

天空阴郁，雨下得很大。梁永诚、汪春梅、张龙豪、老钟头、刘恒志和张超正坐在工位上拆手机。景浩坐在梁永诚旁边的工位上拆着手机，因为手指骨折，他的动作显得笨拙别扭。这时，老杨推开集装箱门。

老杨：景浩！你出来一下！

说完，他打着伞转身朝着自己办公室走去。景浩愣了一下，赶忙起身冒雨跟了过去。

工人们看着他走远，面面相觑。

梁永诚：干活。

工人们低下头继续工作，梁永诚有些担心地回头看向景浩。

180. 老杨办公室内

老杨坐在办公桌后，景浩站在对面。老杨拿着一千块钱，一脸不爽地看着景浩。

老杨：这也就是水电钱，上个月租金呢？半个月前就该交了吧。

景浩：等我完工了就补给您。

老杨： 又想拖啊？

景浩： 不是……

老杨：（打断）**景浩，我对你够意思了吧？你说你哪次按时交租了？再说这几个月你给我惹多少麻烦了？那大门我让你赔了吗？没有吧。我开的是堆货场，又不是公安局！警察三天两头往我这跑，我怎么跟客户解释？我损失的钱你完工了也补给我吗？**

景浩： 杨老板，我最近真有难处……

老杨： 我他妈最烦这句！谁没难处？你告诉我，谁没难处！

景浩愣住了。

老杨： 最后给你三天，把上个月和这个月的都补上，要不然就走人。

景浩站在原地无言以对。

181. 李平轿车 / 地库门口

轿车驶向地库出口，李平坐在后座看资料，车载广播播放着台风新闻。

台风新闻：（镜外音）**今年的第十一号超强台风“尤特”将于今晚提前登陆本市……**

轿车开出地库，外面暴雨如注，一个人突然冲出来挡在车前。司机赶紧急刹车，李平吓了一跳，抬头看去，发现浑身湿透的景浩正扶着前车盖直勾勾地看着他。

B·BC762

182. 李平轿车 / 街道

轿车后座，景浩局促地坐在李平旁边。

景浩：（急切）**只要给我点儿订金，总金额我可以少收五万。**

李平：不可能。

景浩：十万！

李平：（笑）**你当我这儿是菜市场吗，还能讨价还价？**

景浩：李经理，你就帮我一次吧。

李平：这跟帮不帮你没关系，没订金的事儿是你自己答应赵总的。

景浩：那你把他电话给我，我跟他谈。

李平看着景浩，笑了笑。

李平：你有没有想过，为什么他给你的是我的名片？

景浩一愣，李平缓缓开口。

李平：因为他压根就不想给你他的联系方式。他之所以跟你签约，是因为当时的你赢得了他的尊重，如果看到现在的你，你觉得他还会理你吗？我是真没看错，你就是个好高骛远的打工仔。

景浩说不出话来，无力地看着李平。

李平：我的车被你弄脏了，下去吧。

景浩失神地打开车门下了车，李平看着他在大雨中渐渐走远。

183. 小学传达室 / 小学门口

孙伯看着电视，电视里播放着台风新闻。

台风新闻：“尤特”提前登陆本市，台风天大家尽量不要出行，注意安全……

景彤一脸担心地趴在窗口向外望去，窗外狂风大作，大雨瓢泼。景浩的身影渐渐显现在风雨里，他正艰难地朝传达室走来。他吃力地走到窗前，和景彤隔着玻璃对视着，擦了擦玻璃上的雨水，挤出了一丝笑容。景彤却看着哥哥，担心地哭了出来。

184. 小学传达室

里屋，景浩的衣服被晾在晾衣杆上，电视机前架好了一张行军床。景浩穿着孙伯的衣服，怀抱着景彤坐在孙伯的床上。孙伯从衣柜里抱出一床被褥，朝外屋的行军床走去，景浩失神地看着他。

景浩：谢谢，给您添麻烦了。

孙伯：没事。

孙伯摆了摆手，将被褥放在行军床上，转身关上了外屋的门。

185. 小学传达室

窗外的天光已经变得诡异缤纷、光怪陆离。风雨声呼啸得愈发凌厉，狂风拍打着窗户，似乎要将它撕碎。景彤躺在景浩怀里无助地颤抖着。

景彤：哥哥，我怕……

景浩轻轻捂上景彤的耳朵。

景浩：不怕，不怕……

几近绝望的景浩低头看向怀中的景彤，景彤逐渐平静下来。这时，在狂风暴雨的嘶吼声中，一个声音伴随着病态的喘息声慢慢传来，越来越近。

马玉霞：（镜外音）**浩浩，浩浩**……

景浩缓缓抬起头。

186. 马玉霞病房（四年前）

景浩缓缓抬起头，他的母亲马玉霞正靠躺在对面的病床上。她三十七八岁的样子，面色惨白，形容枯槁。十六岁的景浩正坐在病床边的椅子上，怀抱着两岁的景彤，景彤正沉沉地睡着。

景浩：怎么了妈，要喝水吗？

马玉霞摇了摇头，平静地看着他。

马玉霞：你知道妈妈要走了吗？

景浩一愣，缓缓点了点头。

景浩：我不想你走。

马玉霞：（笑）**我也不想走。**

说着她伸出手，轻轻牵住景彤的小手，景浩也把手放在母亲和景彤的手上，母子三人的手交叠在了一起。

景浩：我会照顾好彤彤……

马玉霞：你也要照顾好你自己。

景浩的眼泪夺眶而出，他低下头擦拭着。

马玉霞：抬头看着妈妈。

景浩抬起头看向马玉霞。

马玉霞：别忘了我，好吗……别忘了妈妈……

说着，她流下了眼泪，景浩哭着点了点头。

景浩：不会，绝对不会……

马玉霞笑了，景浩注视着她，风雨声慢慢响起。

187. 小学传达室

景浩缓缓抬起头，二十岁的他已经满脸泪痕，怀中六岁的景彤已经睡熟。暴风雨愈发狂躁凌厉，整个世界似乎都被这场台风撕碎了。

188. 老杨堆货场

风暴退去，雨还在下。景浩抬头看去，只见台风过后，堆货场已经变得一片狼藉，铁皮棚的棚顶被强风掀开，覆盖在“手机山”上，苫布被吹到一旁，几垛手机立方七扭八歪地挤在一起，还有一垛倾倒在地，散落的几十部手机与其他货物混在了一起。

189. 老杨堆货场

铁皮棚的棚顶被吹掉了一半，景浩坐在剩余棚顶下的破沙发上，失神地看着集装箱，老杨站在他旁边。

老杨：集装箱我租出去了，三天内搬走吧。（指了指铁皮棚）**雨停了我找人把那堆东西清了，你过来拉走。**

景浩沉默不语。老杨拍了拍景浩的肩膀，走出雨棚，开车离开了堆货场。景浩失神地缓缓低下头，这时他看到面前的水坑里漂着一只已经死去的红蚂蚁。

190. 老杨堆货场

雨持续下着，景浩茫然地坐在破沙发上，陷入绝望的他五感似乎都消失了。这时，远处突然传来熟悉的喊声。

梁永诚：厂长！

景浩抬头看去，只见远处的堆货场门口，梁永诚、张龙豪、汪春梅、刘恒志、张超和老钟头或打着伞，或穿着雨衣，脚步坚定地冒雨踏水而来。大家好似援军般走到景浩面前，打量着一片狼藉的堆货场。

老钟头：我操，怎么成这样了？

刘恒志：昨晚风够大的啊……

张超："尤特"挺牛逼啊。

刘恒志：咱那货没事吧？

汪春梅：我们防水做得那么好，肯定没问题的。

张超：必须的，那油布老厚了。

景浩呆看着他们，然后缓缓低下了头。

梁永诚：厂长，工厂的困难我们都听说了，不就工资和厂房吗？这个工厂也不是你一个人的，我们也都是员工啊。

张超：就是啊！咋的，拿我们当外人啊！我先表个态啊，工资完活了再发，我没问题！

梁永诚、汪春梅、张龙豪、刘恒志和老钟头纷纷应和道："是啊，晚点发嘛！""晚几天没事！""我不要都行！"

景浩红着眼，听着众人七嘴八舌地为好景电子元件厂的未来讨论着。

刘恒志：厂房你也不用担心。

张龙豪：我出狱后没厂子敢用我，我一直在家做。

汪春梅：对，我也做过外发加工，我们大家每人分点，进度一定赶得上的。

刘恒志：你教得这么好，我们早就是熟练工了。

梁永诚：那堆货也不用发愁，大伙一起弄出来。

刘恒志：就是，你们知道我媳妇是干啥的对吧！她来了那堆货压根儿不叫事。

梁永诚：我老婆也来帮忙，今天我们就把所有东西收拾好带走。我和养老院的爷爷奶奶们都打过招呼，他们可欢迎我们过去呢，热闹！

汪春梅：我那里也是，我就住在电子厂的女工宿舍，我同寝室的姐妹们都可以给我帮忙的。

张超：我就在网吧做，整就完了嘛。

老钟头：那他妈等啥呢？

这时，景浩的泪水开始在眼圈里打转，他低下头擦拭着眼泪。

梁永诚：等等，还有个事儿。厂长？

景浩缓缓抬起了头。他看到众人正看着自己。

梁永诚：你觉得行吗，厂长？

景浩看着目光坚定的大家，眼中充满了感激和信任。

191. 老杨堆货场 / 挖掘机操作室

铁皮棚前，景浩、梁永诚、梁婶、汪春梅、张龙豪、老钟头、张超和刘恒志一脸惊讶地看着面前的铁皮棚顶被巨大的挖掘机梅花爪抓了起来，机械臂平稳转动，将棚顶放到了旁边的空地上。顺着机械臂看去，坐在操作室里的是刘恒志的新婚妻子吴晓丽，她潇洒地摘下安全帽。这时，窗外传来刘恒志兴奋的喊声。

刘恒志：（粤语）**媳妇儿劲啊！**

吴晓丽冲他开朗一笑，众人看着蹦高挥手的刘恒志，笑了出来。

192. 集装箱（好景电子元件厂）/ 老杨堆货场

景彤、老钟头、吴晓丽和梁婶正坐成一排，挨个擦拭着沾满污渍的手机外包装，墙边堆放着已经打包装箱完的东西。汪春梅拎着编织袋从外面走了进来，她脱下雨披，从编织袋中掏出一摞手机，加入了大家。

193. 集装箱前 / 老杨堆货场 / 货车车斗 / 货车驾驶室

一辆大货车停在集装箱前，车斗上装着防雨棚。景浩、梁永诚、汪春梅、刘恒志、张超、吴晓丽和梁婶正接力运货，把所有成品箱、C8 货箱、拆机工具等递给车斗上的张龙豪和老钟头，两人把所有货品码放好。“好景电子元件厂”的招牌已经放到了货品后面。

张龙豪将最后一箱货品码放好后，吴晓丽坐上驾驶座，梁婶抱着景彤坐到了驾驶室中间的位置，汪春梅则坐上了副驾驶座。

张龙豪伸手依次将梁永诚、刘恒志和张超拉上车斗。然后他伸手将景浩拉上车斗，景浩回身扣好车斗锁，刘恒志拍了拍驾驶室后窗，吴晓丽发动了货车。

货车缓缓驶出老杨堆货场，车斗里的众人回头望去，集装箱和堆货场越来越远。

194. 街道 / 货车车斗 / 货车驾驶室

货车行驶在细雨绵绵的街道上，清凉的雨风吹拂着众人的脸颊。景彤扒在副驾驶窗边，看着深圳的街景从眼前掠过。

货车逐渐汇入车流，顺着街道融进了整座城市。

195. 爱心养老院 梁永诚房间

景浩将一个成品箱放到了房间的角落。这时，梁永诚搬着 C8 货箱从门外走来递给景浩，景浩将其码放在成品箱上，梁婶和景彤从编织袋里拿出拆机工具并码放到桌上。房间里已经堆放了很多 C8 货箱和成品箱。

196. 爱心养老院梁永诚房间

两张床的床尾放着一张用来给景浩和景彤留宿的床垫，上面支了一张床桌，景浩在一旁认真地拆着手机。旁边的床上，梁永诚的父亲已经睡着，梁永诚坐在床旁，在两张床中间的小桌子前同样拆着手机。旁边，梁婶和景彤正帮忙将拆下的手机元件分类整理进成品箱，并且将成品箱封箱码放整齐。

197. 女工宿舍

八人宿舍的所有上铺都堆满了 C8 货箱和成品箱，汪春梅正坐在桌前认真拆着手机，另外三个室友正帮她把拆好的元件装进塑封袋后放进成品箱。

198. 半地下室（张龙豪家）

张龙豪的家中堆满了 C8 货箱和成品箱，张龙豪正坐在桌前认真拆着手机，他周围蹲着的六七只小土狗正好奇地看着他。

199. 刘恒志家

刘恒志的新家狭小温馨，床头挂着婚纱照，角落里堆满了 C8 货箱和成品箱。刘恒志正坐在桌前认真拆着手机，吴晓丽坐在旁边帮他把拆好的元件装进塑封袋后放进成品箱。

200. 网吧

这里烟雾缭绕，吵闹异常。张超坐在网吧一角的电脑桌前认真地拆着手机，身后堆满了 C8 货箱和成品箱。

201. 爱心养老院大厅

大厅一侧有很多老人正看着电视。另一侧摆放着一张长桌，老钟头正戴着放大镜坐在桌前认真拆着手机。养老院老人 A 和 B 把拆好的元件装进塑封袋中；养老院老人 C 把塑封袋放进成品箱；养老院老人 D 把成品箱堆放到墙边。这里已经堆放了很多 C8 货箱和成品箱。

202. 爱心养老院梁永诚房间

深夜，梁永诚趴在小桌子上睡着了。还在工作的景浩疲倦地揉了揉眼睛，这时，一只小手拽了拽他的衣角，景浩转头看去，发现景彤醒了。

景浩：怎么醒了？

景彤注视着他，伸手摸了摸他的脸。

景彤：你很累吧？

景浩愣住了。

景彤：谢谢你，哥哥。

说着，她从床垫上站起来，轻轻抱住景浩。

景彤：（轻声）**谢谢。**

景浩的眼泪夺眶而出，他缓缓抬手抱住了景彤，笑中带泪。

203. 爱心养老院门外

雨过天晴。整座城市被夕阳染成了金黄色，地上还残留着雨水的痕迹。

一辆大货车停在养老院门口，车厢里装满了打上封条的成品箱。深宁通讯员工关上厢门，他身后的景浩把签好的收货单递给他，他看了看收货单，点了点头。

深宁通讯员工：质检完我们会联系您，再见，景先生。

说着，他和景浩握了握手，坐上货车离开了。景浩看着货车驶远，转头看向身后的梁永诚、汪春梅、张龙豪、刘恒志、张超、老钟头和梁婶等人，他们正站在养老院门口，疲倦而满足地注视着他，他一脸欣慰地笑了笑。

204. 小学门口

清晨，景浩和景彤走到学校门口，景浩把书包递给景彤。

景浩：今天我可能会晚点来。

景彤：没事儿，我在孙爷爷那等你。

说着，她背好书包。

景彤：今天出结果吗？

景浩：嗯。

景彤：别紧张，你是最棒的！

景浩笑着点了点头。

景彤：拜拜。

说着，她挥了挥手，转身走进了学校。景浩看着她的背影，神色复杂。

205. 深宁通讯等候区

景浩局促地坐在等候区沙发上，梁永诚、汪春梅、张龙豪、刘恒志、张超和老钟头都紧张地坐在他旁边，众人神色凝重，一言不发。这时，前台电话响了，前台小姐接起来。

前台小姐：喂……好的。（转头对景浩）**景先生，可以进去了。**

说着，她放下电话走出来带路。景浩不安地点了点头，起身带着众人跟了过去。

206. 深宁通讯 赵振昌办公室

景浩带着众人走进办公室，赵振昌从办公桌后走过来跟他握手。

景浩：赵总好。

赵振昌：你好，景浩。

说着，他看向景浩身后的众人。

赵振昌：这几位是？

景浩：我的合伙人。

众人一愣，赵振昌点了点头。

赵振昌：（笑）**大家好，坐吧。**

说着，他边示意众人就座，边走回办公桌后坐下。景浩坐到办公桌前的椅子上，其他人则挤在他身后的长沙发上。赵振昌看了看景浩，缓缓开口。

赵振昌：首先，你们能按时完成订单，这很值得鼓励……

景浩紧张地注视着他，不自觉地屏住了呼吸。

赵振昌：至于质量，合同里约定的合格率是百分之八十五，而你们的合格率……是百分之八十七，（笑）**恭喜，你们达标了。**

景浩的眼眶瞬间红了，他身后的众人也按捺不住喜悦，赵振昌看了看景浩受伤的左手。

赵振昌：（笑）**看来这活儿干得很辛苦啊。**

景浩强忍着泪水笑了笑。

赵振昌：啊，对了，先别急着高兴，还有一件事。

景浩一愣，紧张地看向赵振昌，

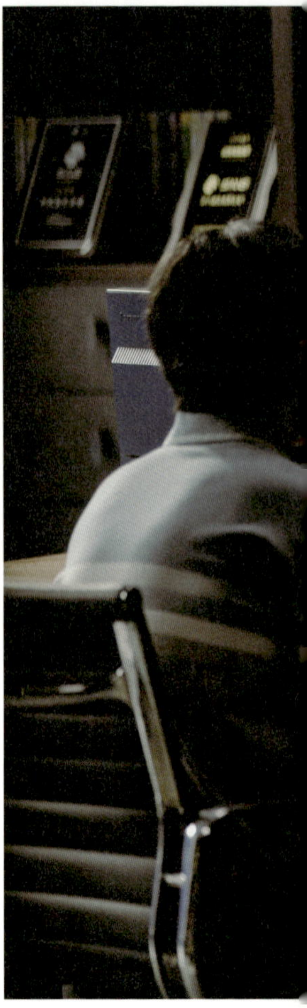

身后的众人也安静下来。

赵振昌：我让产品部和市场部都做了研究，我打算搞一条完整的绿色产业链，咱们签一份两年五百万的合同，（笑）**我想跟你继续合作，你愿意吗？**

景浩呆呆地看着他，众人也愣住了。景浩缓了缓神，声音颤抖地开口。

景浩：我能问个问题吗？

赵振昌：你说。

景浩：这回有订金吗？

赵振昌：（笑）**有。**

景浩眼含热泪地愣住了。

207. 深宁通讯办公区

狭长的办公区，景浩带着众人从远处走来，他们表情僵硬，似乎在努力克制心中的喜悦。

208. 深宁通讯电梯口

景浩带着众人走进电梯，电梯门刚关上，里面就传来了热烈的欢呼声。

209. 电梯内

景浩满脸泪水地抱住梁永诚，梁永诚笑中带泪地拍着他的后背，张龙豪激动地用力搓着景浩的头发，汪春梅流着眼泪尽情呐喊，老钟头兴奋得单腿站立握拳欢呼，张超扎在刘恒志怀里痛哭流涕，刘恒志凶猛地亲吻着张超的额头。

他们拥抱着，呐喊着，哭泣着，肆意宣泄着成功的喜悦，高亢的欢呼声随着电梯的运行穿透了整座大楼。

210. 学校主楼／小学门口

傍晚，景彤和同学们一起走出校门，同学们纷纷和她道别，跑向各自的家长，她有些失落地站在原地看着那些接学生的家长。突然，她看到不远处的景浩正微笑地注视着她，瞬间笑逐颜开地跑了过去，扑进景浩的怀里，景浩把她抱了起来，金色的阳光中，兄妹俩紧紧相拥。

第二年

手术成功啦！

2019 年

211. 深圳会展中心（好景春季新品发布会会场）

主持人：下面有请好景通讯CEO、总负责人上台。

掌声中，西装革履的景浩走上台。此时，二十六岁的景浩相比六年前成熟稳重了许多，他看了看台下，十二岁的景彤坐在下面，已经出落成了漂亮的少女模样，面色红润、生气勃勃。她身边坐着梁永诚、汪春梅、张龙豪、刘恒志、张超和老钟头，大家正卖力鼓着掌，欣慰地看着台上的景浩。景浩看着众人，会心一笑。

景浩：大家好，我是景浩。

（画面定格，淡出。）

主板回收
联系电话：13266855675
2.6m
8'6"

LE PHONE REPAIR
ic
87
2.6m
8'6"

附录

主创人员及主要演员访谈

导演 / 编剧
文牧野

编剧
周楚岑

编剧
修梦迪

编剧
韩晓邯

编剧
钟伟

美术、造型指导
李淼

摄影指导
王博学

领衔主演
易烊千玺

主演
田雨

主演
陈哈琳

主演
齐溪

主演
公磊

主演
许君聪

主演
王宁

主演
黄尧

主演
巩金国

特别出演
王传君

为保持原貌，口语化内容未做改动。

《奇迹·笨小孩》写的不是成功，而是幸福

对话《奇迹·笨小孩》导演／编剧文牧野

Q：导演您好，作为您的第二部长片，《奇迹·笨小孩》聚焦的是一段在深圳打拼的励志故事，故事发生的地点和时间背景，您能稍微给我们介绍一下吗？

A：这个故事发生在深圳，是二〇一三年到二〇一四年这一年跨度间的故事。它展现的是深圳这个城市本身的奇迹，然后聚焦到个体，让我们以小见大，看到深圳这个“奇迹”是怎么诞生的。

Q：与《我不是药神》的社会平民英雄相对照，您这次想要通过《奇迹·笨小孩》传达什么样的创作主旨？

A：还是人。《我不是药神》的平民英雄的点是在于人本身，展现的是相对于社会层面的一个英雄，《奇迹·笨小孩》这个故事其实写的是关于亲情、爱，主角景浩是群像里的一个英雄。他作为家庭的家长，作为厂长，作为一个年轻人，是在这个时代里的一个“个体英雄”。他其实也是一个英雄，只不过可能只是之于他的家，之于他在乎的人。

Q：电影其实沿用了《我不是药神》的幕后主创，比如说摄影指导王博学老师、美术造型指导李淼老师、编剧钟伟老师、音乐指导黄超老师等，那么影片是不是会保留一些《我不是药神》的风格，或者说有哪些新元素的尝试？

A：风格肯定是我自己的风格，是我作为导演对影片诠释的风格，这个在基因里、在血液里会有一定的延续。但因为它（《奇迹·笨小孩》）是一个新的故事，描绘的是一群新的人物，所以相对会

有很多的不同点，但毕竟是我拍的，所以一定也会有一些相似点。

Q：这次在《奇迹·笨小孩》当中，您从导演角度来说，主要运用了哪些新元素呢？

A：我觉得这跟故事本身有关系，和它本身是一个励志的、讲小人物的故事有关。我们用的手法和元素都是适合这个故事本体的，无论是从摄影、美术还是剪辑等角度，整个的运用基本上都是服务于故事。然后加入了一定的比较快节奏的叙事，以及一些类型化的元素，但是它需要承载的就是这个人物和整个故事，不能逆人物或逆故事来存在。

Q：影片当中也涉及一些乌托邦气质的地点，比如城中村、华强北等一些深圳地标性的存在，对高空“蜘蛛人”还有网吧中的漂泊群体也有一定的描摹与关照，筹备期间您做了哪些相关的勘景工作呢？

A：我们在之前找了一些资料，然后也去做了应该算是大量的采访。无论是我们说的网吧，传统意义的“网吧大神”还是“蜘蛛人”，还是城中村的生态，对这些东西都做了田野调查，积累下资料，来支撑我们写作这样的人物。因为我们觉得这样的人物其实也等于奇迹，他们是深圳这个大城市的奇迹中的“个体奇迹”。

Q：这些背景要素为您这个故事的创作丰富了哪些灵感？

A：我觉得是土壤和烟火气，这个很重要。描绘一座城市的奇迹时，有可能会缺乏烟火气，而加入这样的人物会让电影更落地，更能够让观众看到一些自己身边熟悉的人、熟悉的事、熟悉的场景，这对电影的根基，或者说对电影探讨人的根基来说很重要。

Q：在前期筹备的过程当中，有没有哪些令您印象深刻的背后故事？

A：我去深圳看，想找华强北，但华强北其实几乎已经没有了。华强北原来是一个卖手机、卖电脑的地方，我相信每一个人的家乡都有这样一个地方，在北京，这样的地方就是中关村，其实华强北就是全中国的中关村，它是最大的一个电子集市，我们本来想去那里找一下感觉，结果发现它已经改成卖美妆的了。所以，深圳的发展速度非常快，从二〇一三年华强北开始进入转型期到现在，基本上它已经把一个集中化的电子城分散到深圳各处了。所以，感受上最深刻的，就是深圳的飞快发展，基本上我们想找的二〇一三年的东西已经都找不到了。

Q：它这样大的变化对于我们的美术造型等各方面来说是有一定的挑战的，那么影片是怎样确立美术风格的呢？

A：我觉得是真实。

Q：这些视觉的要素又是怎么样来体现我们地理背景的特殊性的？

A：我觉得第一点就是真实。我们找了很多当年的照片、影像资料，还特意去找了一些当时拍打工者以及深圳生态的社会摄影师，去他们的住所看影集，搜索这些能够支撑我们美术风格的资料，甚至不只是美术风格，影像风格、音乐风格都来源于当年的这些照片。

我们也去当地做了很多采访，比如说三和人才市场、华强北。我们还去了很多工厂，这种采访让我们更有信心来确认我们的美术、影像、音乐等跟当年有相符的风格，然后还需要在这种现实的基础上体现一些电影感的影像化风格，它不能只是在一个还原的层面，要有一定的创作，所以在这方面我们做了很多调研，进行了很多讨论。

Q：和《我不是药神》一脉相承，《奇迹·笨小孩》的故事当中，景浩的每一个员工都有着非常动人的前史，还有特有的性格展现。在角色塑造方面您有怎样的考量，以及怎么避免给观众重复感？

A：首先群体就有很大的不同。因为《我不是药神》毕竟是写病人群体，而这个电影其实是写奋斗者的。深圳的务工人员是包罗万象的，我们从这些个体里面选取了一些比较有符号色彩的，比较有特性的，年龄层是能够拉得开的，这样的人物是我们做了具体的采访分析，最后才确定了的，所以它跟《我不是药神》基本上应该是绝不会有重复的。

另外，我们在《奇迹·笨小孩》里加入的这些角色，更多的是没有很强的生死负荷的“小人物”，他们求温饱求尊严，但是不至于求活，所以人物的能量来源是不一样的。

Q：《奇迹·笨小孩》聚集了这么多优秀的表演前辈，您对这部电影的表演风格有怎样的预设？他们在整个拍摄过程中又给您带来了怎样的惊喜？

A：我觉得预设就是真实。他们只要演出我们剧本中的人物就可以，而且他们能做到，并且还让我得到了很多的惊喜。每个角色都有惊喜。比如王传君和章宇在《我不是药神》里的样子和在《奇迹·笨小孩》里面完全不一样，后者是颠覆性的。再比如说像许君聪、王宁，我们大家认为是喜剧演员的角色，他们在这个电影里面会增加更多的现实质感，但是又不会完全摈弃喜剧元素，所以他们承载的东西更多了，给我很多除了他们本身在社会层面、公众层面上的演员的惊喜。比如齐溪还有公磊老师，都是我非常喜欢的演员，他们也给了我非常多的惊喜。

Q：刚才您反复提到一个点——真实，在您和这些演员老师拍摄的过程当中，有没有哪一场戏您觉得真真实实地抓到了您想要的真实的点？

A：我觉得应该是所有的都抓到了，不然不会喊“过”的，我觉得每一场戏他们都做到了我想要的真实。

Q：这一次男主选择了颇具潜力的易烊千玺，您在他身上看到了什么样的特质？

A：我觉得是能量。很不一样的地方在于他有一个特别少年的外表，少年的灵魂，但是却有很成熟的精气神，他有一种脆弱感，成熟的脆弱，他整个人身上散发着一种永不放弃的精神。他能够给到我的感受就是，他既有很天真浪漫的一面，同时又有背负和坚持的一面，这两个东西加在一起就能形成我想要的景浩的角色。因为景浩本身是一个孩子，但是他又不能够只单单地成为一个孩子，他本身是个孤儿，又要当哥哥，又要当爹当妈，还要当厂长。

所以，在他身上有特别多的侧面，我可能只有在易烊千玺身上能看到这种侧面的可能性，而且他最后呈现出来的东西也让我很惊喜。他不仅让这些侧面饱满了，同时还能给我更多的侧面，他已经从一个我认为的几边形，接近于变成一个圆形，基本上这个人物是由非常多的面形成了一个圆。

Q：虽然这部电影讲述的是一个励志的创业故事，但影片当中也有很多追逐，还有打戏的呈现，您的设计理念是怎样的？最具挑战性的是哪一场戏？

A：设计首先需要真实。我们想到的创业可能很多时候是办公室里坐着或者商业层面谈判，但其实真正的创业者经历的东西是无奇不有的，追逐打斗、大生大死都有。所以，实际上，电影里呈现了比较真实的、最烈性的、有动作感的一部分东西。从拍摄难度上，因为电影里有“蜘蛛人”，千玺是在这里面演了一个曾经的“蜘蛛人”，他有擦摩天大楼的戏，那个戏他要在五十层楼高的地方浇水、被风吹日晒，因为在真实的太阳照耀下，高楼上的温度能达到五十多摄氏度，再加上还要浇水，还要大的风机去吹，在那个情况下拍摄的难度很大。因为演员要控制自己的身体，要学怎么挂到外壁上去擦，当然我们不是真实挂在外壁上，我们肯定是在棚里面搭出来的，但是这个拍摄是有很大挑战的，而且最后还要跟整个真实的城市合在一起。

Q：您最后是怎样来解决这个难题的？

A：就是拍很多条，拍更多的角度。前面做了很多调查，然后我们的特效和动作指导在这方面下了很多的工夫，最后尽量达到跟现实吻合。

Q：之前您拍《我不是药神》的时候，剧组的老师们都给您一个美称叫"文保保"，无论怎样都要再保一条，这次拍摄您还是贯彻再保一次的原则吗？

A：对，肯定是有再保一次的，这种拍法能抓到演员更多不同的侧面，同时从我的角度能够更好地激励演员去探索更多可能性，能够把他逼到踏出自己的安全区域，尝试新的东西。这次，一样会这么拍。但是"保一条"这个东西，基本上你喊完"保一条"就不能再喊了，所以这次就是"再来一次"，最后觉得已经要到了的时候，可以再保一次。

Q：影片中所有人都团结一心，围绕在景浩的周围，其实在剧组的拍摄过程中，也是所有人都团结在导演的周围，我感觉气氛其实是一直延续的。您在现场有没有一些难忘的故事？

A：有，深圳总是有台风，因为是海洋性气候，天气变化非常快，比如说我们要拍真实的台风天的时候，却是大晴天，日照很充足。但是你不可能在那种天气拍雨景，而且还是外景。所以我们必须不停地拿巨大的布遮太阳，这个经历真的很难忘。因为太阳在动，吊车就要一直罩着它，底下还要下雨，这个难度非常大。

Q：这个是困难的一方面，有没有温暖的一方面？

A：克服这个困难的瞬间就是很温暖的，得把它克服掉，不然也还是不可能过。

Q：我们这次故事的发生地是在深圳，它是一个包罗万象的城市，也是我们神州大地的缩影。在您眼中，为什么《奇迹·笨小孩》的故事会在这片热土发生呢？

A：我觉得，首先这座城市就有这个基因。从改革开放开始，这座城市本身就有"没有什么是不可能的"这句话的基因，这座城市没有固有印象，它对每一个人都是公平的，你只要肯努力，都能够去完成你个体的奇迹。那么，当每一个人都完成个体的奇迹的时候，自然而然地，城市就会变成一个在城市概念里的奇迹，所以说这是基因。

然后，由于这样的基因属于在本地生活的每一个人，他们都有极强的对于幸福追求的一种欲望和信念，所以他们每个人都在奔跑，在精神层面上奔跑。因为这种奔跑，你就能够看到，如果说其他城市的血管流速是六七十的话，这座城市的城市血管流速可能就是九十，非常快，并且极度有热量，在这里不产生奇迹是不可能的。其实从世界范围内来看，它也几乎是一座奇迹之城，世界上没有其他任何一座城市能在四十年间从一个渔村变成现在的深圳。

Q：说到深圳是一片奋斗的热土，我了解到深圳现在还有一个群体叫“三和大神”，有的年轻人会去做一天的工作，拿到三天的钱，剩下三天他们就去挥霍、去玩。三天之后他们再回来工作，如此往复。很多人说你在一片奋斗的热土上，但是选择不去奋斗，您对这样的一个现象是怎么看待的？

A：我觉得任何一块土地上都有类似这样的群体，这个电影里面其实写了两个“三和大神”，你能够看到他们爱这片奋斗的热土，不然他们不会在这里，他们能更多地感受到这片热土的热量，但是又觉得自己力所不能及跟不上，所以就会留在某一个地方，让自己更有安全感。

当这个故事发生的时候，景浩就是把两个“三和大神”硬拽到了一个奋斗的轨道上。其实，我们说为什么很多人在这个时候去选择不奋斗，有可能就是差一个机会或者差一个动因，那么，在这部电影里面其实提供了一个这样的动因，我觉得大家可以在电影里看到为什么他们会停在那里不动。

Q：我们可不可以认为，景浩其实代表了一种永不放弃的精神鼓舞？

A：当然。因为景浩本身自己是这样的，所以他能够感染身边所有的人，而且在这个团体里他其实是最小的。我们更能看到，在深圳热土上真正地带动大家往前走的，往往就是年轻人。

Q：这样的年轻人，他们身上所展现出来的时代韧性，映射到我们当下的社会大众当中，您会怎样来评价这样的一种精神？

A：我觉得特别简单，那就是你要有一个永远追求幸福的想法。这部电影写的其实不是成功，这部电影写的是幸福。你的目标不一定是成功，但如果成功能带给你幸福，那就去追逐它。所以实际上，电影里面能看到的是每一个人都在追求幸福，但其实没有一个人在追求我们社会层面上的成功，这是不一样的。你要去追求，去争取你的幸福，我们这个故事里面的主角就是一直在做这样的事情，每一个人都在做这样的事情，而且主角传递出来的一个信念就是：我们只要努力，就能够追求到我们要的幸福。

Q：影片的最后景浩顺利完成了他的订单，除了他自己孤注一掷

的坚持，也离不开他身边比如说像刘恒志这样一些伙伴的义气相助。通过这样一个故事，您怎么看待成功的标准？

A：就是幸福。其实成功的标准就是幸福和快乐。比如说景浩，在这个故事里面，电影里给了外部的成功，就是完成订单，但是其实更内部的成功是拯救了妹妹，找到了“家人”。这个成功给他的内部的情感能量其实更大，传递出来的东西就叫作：你要有一个为爱付出的理由，同时要有接受爱的能力。

电影里面给到了这两个面，他找到了“家人”，这些围在他身边的人其实是他的家人，因为他跟他妹妹是孤儿。同时，他通过自己的努力感染了这些家人，也救了他的妹妹，所以这个是真正的成功。后面外部的无论是订单也好，还是后来他的成功也好，都是为了追求幸福，是为了完成对自己家人的爱所获得的额外奖励。

Q：影片的片名是“奇迹·笨小孩”，但是在奇迹的背后，景浩在他的创业路上有很多挫折与磨难，而他也从来没有放弃过。在您看来，影片中的这个奇迹是什么？

A：影片中的奇迹，我觉得就是追求幸福的精神。这部电影里的奇迹就是，面对困难的时候永远不放弃，相信自己能够追求到自己心中的幸福。

Q：最后请您用一句话来向观众推荐一下这部电影。

A：我觉得《奇迹·笨小孩》是一部献给每一个在现在这个时代里面奋斗的，相信自己只要努力就能够实现奇迹的观众的电影。大家也许能在电影里找到跟自己有关的事情，跟自己有关的人，以及跟自己有关的爱。所以，我推荐大家去电影院看一下，普通的你我如何完成奇迹的这么一部电影。

正是普通人，能够创造『不可能』

对话《奇迹·笨小孩》编剧周楚岑

Q：影片故事发生在二〇一三年的深圳，您能否给我们简单介绍一下，《奇迹·笨小孩》讲述了一个什么样的故事？

A：它讲述的是一个二十岁的年轻人，为了自己的妹妹努力拼搏，实现梦想，获得幸福的故事。

Q：故事的场景充满了深圳的生活气息，比如城中村、华强北、摩天大楼等，您在撰写剧本之前做了哪些调研工作？

A：前期我们从新闻素材和纪录片素材入手，先做了一部分调研，包括找一些广东深圳的朋友做采访。后来列了一些我们需要的素材，比如说像城中村这些，然后我们定点到当地去采访，对当地的一些人或者特殊的职业进行一些调研，通过跟他们的交谈，我们试图尽量还原一个真实的、生动的深圳生活状态。

Q：文牧野导演刻画社会群像的功力，在《我不是药神》中就有体现，不同年龄群体的刻画颇具代表性，这次在《奇迹·笨小孩》中依然有非常鲜活饱满的群像露出。在角色设计方面，体现着各位编剧怎样的想法？

A：在文导对人物塑造的要求中，真实是第一位的，这个人物要像我们身边的某一个人。我们会挑选一些特殊的人，前提是他是有真实感的，让观众有代入感的，或者能让你想起身边的某一个人。以这样的基础，再去创作人物群像，给他们找到一些比较明确或者突出的性格标签，让你有一种看到他们，甚至能够融入他们的感受。

Q：您能否用一两个词分别形容一下每个主角的特质？

A：我觉得角色的共通性就是他们的真实、真诚，他们对这个世界是有希望和憧憬的。比如说主角景浩，我觉得他就是"足够拼命"，他所有的一切都是他拼来的，并不是单靠一些普通的方式就能获得的，他需要去拼。梁叔就是一个很温暖可靠的形象；妹妹景彤就是纯真，我们希望她生动，生活虽然艰辛，但她是能够感受到生活的甜的一个角色；包括汪春梅，我们希望她是有一些倔强在里面的，她是全片中比较少的女性角色之一，我们希望她身上更有力量。

Q：文导在《我不是药神》中展现出强烈的社会人文关怀，这次编剧团队中既有《我不是药神》的老搭档，也有首度合作的其他编剧老师，请问是什么样的契机促成各位编剧老师来共同完成这次创作的？

A：我们当时开了一个选题会，大家共同搜集素材。搜集后发现大家的创作审美相对比较统一，所以就结合成了一个团队，有了这次的合作。

Q：您刚才也聊到了分工合作，能给我们概述一下是如何分工的吗？

A：整个项目是有问题大家就一起解决，包括前期关于剧本的架构、题材、脉络，其实都是大家一起讨论得来的。到后期的时候，我们分成了两个小组，因为剧本的台词量太大了，我们需要交替合作，就是一个组先写一部分，另一个组去做精修，遇到问题我们再集中讨论。因为每个人的细微感受是不一样的，所以编剧会因为某一段台词坐在一起讨论，或者是互相说服，甚至有一些词是我们互相"抬杠"抬出来的，但越是在那样的情况下出现的，越是像人真实会说出来的话。

Q：除了强大的幕后团队，文导的选角眼光也很独到。除了易烊千玺领衔，"奇迹小队"的建立，"药神小队"也有回归。每个人似乎都找到了非常适合自己的角色，同时散发着新的气质。在您眼中，他们为角色带来了哪些惊喜呢？

A：在选角的初期，文导就需要挑选一些跟角色本身气质贴合的演员。除此之外，每一个演员对于剧本和角色都非常用心，他们不管是基于自己的理解也好，还是对剧本的反复研读也好，会给出一些自己的调试，那些调试出来的部分既有属于角色的内容，也有演员自己的内容，会更特别。包括演员之间的配合，是让我们觉得这个故事更可信、更真实的很重要的一点。

Q：景浩虽然只有二十岁，却已经熟练地掌握手机原理，这听起来非常“魔幻”，却有非常现实的故事基底。您在设计这个角色时是如何考量的？有没有一些现实参照？

A：前期我们做了一些功课，从一些新闻、短小的片段中看到，其实是有比较年轻的负责手机维修的人存在的。在创作之后，我们去华强北之类的地方进行采访，他们说如果是一个特别有天赋的人，是有可能成为一个拆机能手的。在这之后我们才觉得心里踏实了，因为这个人物是可信的。

Q：从整个故事来看，景浩面对这样的命运却从未想过放弃，您觉得景浩这种不服输、想要改变生活的驱动力来自哪里呢？

A：首先是因为妹妹的存在，他必须要拼搏；其次是他相信在深圳这个地方能够创造奇迹，因为相信所以拼尽全力去做，才有了后来的结果。

Q：在故事中，李平这个人似乎是站在了景浩的对立面，一直在否定景浩的能力。李平这一角色有着怎样的参照意义？

A：李平属于我们生活中的一类人，他不是坏人，他只是下意识地去否定一些不是既定认知里的事情的人。他们可能没有坏心眼儿，只是不愿意去相信一些“不可能”的事情，所以他成了景浩的对立面，因为景浩是永远选择相信的那个人，所以他们可能会形成一个对照组，但自始至终他也不是一个坏人，他只是做了他那个人会做的事，说了他那个人会说的话。

Q：“奇迹小队”的每个人似乎都有“瑕疵”，半失聪的单亲妈妈汪春梅，坐过牢的张龙豪，还有长期漂泊在网吧的刘恒志、张超，干了半辈子表匠、身体残疾的老钟头，这些平凡而有“瑕疵”的人共同追逐着不平凡的梦。您怎样定义影片的故事类型？

A：我觉得它首先是一部创业电影，其次是一部温暖治愈型的影片。

Q：您希望通过《奇迹·笨小孩》引起观众怎样的情感共鸣？

A：我希望观众能够被带入到这个故事里，也希望观众能够感受到，真正让我们感动的一定是普通人，即使他们有这样那样的问题，但是这样的普通人往往是能够创造“不可能”的。

Q：故事发生地是在深圳，它就像神州大地的一个缩影，在您眼里，《奇迹·笨小孩》这样的故事为什么能发生在这片热土上？

A：深圳是我国改革开放的前沿，时代精神鼓励大家去打拼，去创造，在这个地方有更多的机遇、更多的可能，只要你愿意，是可以创造奇迹的。深圳本身也是神州大地的一个缩影，我们也希望通过这部影片告诉所有人，只要你愿意，就没有不可能。

Q：景浩最后顺利地完成了订单，除了自己孤注一掷的坚持，也离不开伙伴们的义气相助。通过这个故事，您如何看待成功的标准？

A：我觉得成功的标准就是做出了令自己不后悔的努力。至于结果，我觉得不是最重要的衡量标准，你经历过这个过程之后，后不后悔、有没有收获才更重要。如果你在这个过程中收获了经验或者收获了爱，那其实就是成功的。

Q：《奇迹·笨小孩》是一部展现新时代年轻人在深圳把握机遇、奋斗成长、艰苦创业的影片，众多不完美的草根人物都在追逐更好的人生，您又是如何理解影片传达的主题的呢？

A：我觉得影片的主题就是鼓励每一个普通人去努力创造，努力拼搏，你要相信一定有最好的结果。

Q：片名是“奇迹·笨小孩”，但在奇迹背后是景浩在创业路上屡遭挫折与磨难却从未放弃，那在您眼中奇迹是什么？

A：奇迹就是通过努力，使看上去不可能的事情发生。

Q：给观众推荐一下《奇迹·笨小孩》吧。

A：它是一部充满爱与力量的影片，希望走进电影院的大家，通过观看这部影片能够获得生活的力量，也希望大家在生活里有奇迹正在或者将要发生。

奇迹因相信而存在，因努力而实现

对话《奇迹·笨小孩》编剧修梦迪

Q：影片故事发生在二〇一三年的深圳，您能否给我们简单地介绍一下，《奇迹·笨小孩》讲述了一个什么样的故事？

A：它讲述了一个普通人在深圳，如何在大家的帮助下最后成功和收获幸福的故事。

Q：故事场景充满南方深圳生活的烟火气，比如城中村、华强北、摩天大楼等，您在撰写剧本之前做过哪些调研工作呢？

A：这个剧本所呈现的一些职业以及生态，是我们来到深圳，找到一些真正亲历过那个年代的人，跟他们去聊，去了解那个行业在那个时候什么样，是通过这样的方式了解到的。深圳当地比较有特色的地标，包括摩天大楼等，我们都实地考察过，这些后来都融入到剧本里面去了。

Q：文牧野导演刻画社会群像的功力，在《我不是药神》中就有体现，不同年龄群体的刻画颇具代表性，这次在《奇迹·笨小孩》中依然有非常鲜活饱满的群像露出。在角色设计方面，体现着各位编剧怎样的想法？您能否用一两个词来简要形容一下每个主要角色的特点？

A：我们就是想把普通人性格中能够打动人、很真诚的那些东西展现出来，比如说景浩是坚持和温暖，老梁是善良，那些最基础的优良品格，在这些人物身上几乎都有。

Q：文牧野作为冉冉升起的青年导演新星，在《我不是药神》中

展现出强烈的社会人文关怀，这次编剧团队中既有《我不是药神》的老搭档钟伟老师，也有首度合作的其他编剧老师，请问是什么样的契机促成各位老师来共同完成这次创作的？大家又是如何分工的呢？

A：我们在这个项目开始之前其实都认识，并且我们这个团队在各自的项目中，早已经是大家相互帮忙的状态了，比如说最早的钟伟老师和文牧野导演。《我和我的祖国》中的《护航》单元，就是我跟韩晓邯一起写的。我们大家就各自的项目都会一块儿去聊，基本上我们的合作都是以这样的形式进行的。这次《奇迹·笨小孩》这部片子出现了，文导说那我们就尝试一下，大家一起去完成一个作品。我们开会的时候就是大家一块儿聊，某一个桥段也好，某一个人物也好，只有聊得大家都满意了，才会推进到下一个阶段。

Q：除了强大的幕后团队，文导对于选角眼光也很独到。除了易烊千玺的领衔，"奇迹小队"的建立，"药神小队"的回归露出，每个人似乎都找到了非常适合自己的角色，同时散发出新的特质。在您眼中，他们为角色带来了哪些惊喜呢？

A：每个角色最后呈现出来的效果都比我们想象中的更生动。千玺是一个非常好的演员，他呈现出了我们想要的那种真实感，为了家人，为了自己的梦想的那种坚毅。还有，比如说田雨老师、王传君老师、章宇老师，他们都在角色的基础之上倾情演绎，让影片呈现出更真实的质感。

Q：景浩虽然只有二十岁，却已经熟练地掌握手机原理，这听起来非常"魔幻"，却有非常现实的故事基底。您在设计这个角色时是如何考量的？有没有一些现实参照？

A：我们的现实参照有很多，包括我们去华强北，去中关村，在那里很多像景浩这个年纪的人都已经掌握了这样级别的技术，他们可能没有学过太专业的理论知识，但是在长期的实践中，积累了很强的操作能力。当我们看到有那么多年轻人都在这个行业之中的时候，景浩这个角色的背景就不会很突兀。

Q：从整个故事来看，景浩面对这样的命运却从未想过放弃，您觉得景浩这种不服输、想要改变生活的驱动力来自哪里呢？

A：我觉得景浩的驱动力来自两个方面，一方面是他要照顾好妹妹，他身上有一份责任；另外一方面就是他有自己的梦想。对于景浩来说，是梦想与责任的担子，促使他不断战胜困难，不停挑战自己。

Q：在故事中，李平这个人似乎是站在了景浩的对立面，一直在否定景浩的能力。李平这一角色有着怎样的参照意义？

A：我觉得在现实生活中，很多人都像景浩一样在努力奋斗，但是生活中好像又总有另外一类人会去否定你的价值，尝试着干扰你的努力。我觉得李平这个人物在这个剧中就是这样的一个角色。我们希望通过李平来告诉大家，很多人说的话是无须理会的，不要去听他说的负面的东西，相信你自己，做好你的东西就可以了。

Q："奇迹小队"的每个人似乎都有"瑕疵"，半失聪的单亲妈妈汪春梅，坐过牢的张龙豪，还有长期漂泊在网吧的刘恒志、张超，干了半辈子表匠、身体残疾的老钟头，这些平凡而有"瑕疵"的人共同追逐着不平凡的梦。您怎样定义影片的故事类型？您希望通过《奇迹·笨小孩》引起观众怎样的一种情感共鸣？

A：我们希望通过这些角色告诉大家，有"瑕疵"不可怕，当你有梦想、有决心、有完成你梦想的行动力的时候，奇迹就会发生。

Q：故事发生地——包容的深圳——就像是神州大地的缩影，在您眼里《奇迹·笨小孩》的故事为什么能发生在这片热土上？

A：我觉得中国人骨子里面就有那种不服输的精神。深圳作为改革开放的探路者，它代表着所有中国人骨子里那种不服输的精神，所以我觉得他们为了梦想去奋斗、去努力，最后成功，都是合情合理的。

Q：景浩最后顺利地完成了订单，除了自己孤注一掷的坚持，也离不开伙伴们的义气相助。通过这个故事，您如何看待成功的标准？

A：我觉得成功的定义对于不同的人来说是不一样的，有的人认为收获了一帮伙伴是成功，有的人认为达成了自己的梦想是成功。我觉得成功最重要的就是你自己要清楚，对于你来说它的定义是什么，不要被别人所左右。如果你坚定一个目标，对于你来说实现它就是成功，那你努力去做就好了。

Q：《奇迹·笨小孩》是一部展现新时代年轻人在深圳把握机遇、奋斗成长、艰苦创业的影片，众多不完美的草根人物都在追逐更好的人生，您又是如何理解影片传达的主题的呢？

A：每个人都不完美，但是这不代表你就失去了去努力、去奋斗的理由，你依然有机会收获属于自己的奇迹。

Q：奇迹的背后是景浩在创业路上遭遇挫折与磨难却从未放弃。在您眼中奇迹是什么？

A: 我觉得奇迹就是为他人所不敢为，如果你真的这样做了，最后成功的那个东西就叫作奇迹。如果没有经历那些艰难，那你可能会认为你的成功或者梦想的达成是理所应当的。只有当所有人都不看好你，但是你坚持了，你成功了之后的东西才能被称为奇迹。

Q: **如果向别人推荐这部影片，您会说什么？**

A: 奇迹因相信而存在，因努力而实现。

奇迹就是人对梦想、对幸福的执着和不放弃的精神

对话《奇迹·笨小孩》编剧韩晓邯

Q: 影片故事发生在二〇一三年的深圳，您能否给我们简单地介绍一下，《奇迹·笨小孩》讲述了一个什么样的故事？

A: 它讲的是一个基层平凡人为了妹妹努力创业，最终找到幸福和实现个人梦想的故事。

Q: 故事场景充满南方深圳生活的烟火气，比如城中村、华强北、摩天大楼等，您在撰写剧本之前做过哪些调研工作呢？

A: 因为我们的创作团队中多是北方人，对于南方的生态不是那么了解，所以，一方面，我们的剧本创作团队吸纳了南方地域的优秀编剧，另一方面，我们也大量地开展前调工作去填补我们的不足，在前期用大量的时间在深圳实地采风。像华强北、城中村，还有像手机装配流水线这种比较有地方特色以及专业相关的地方，我们会做大量的工作，包括穿防护服进到工厂里面，这些都是一些很新奇的体验。

Q: 文牧野导演刻画社会群像的功力，在《我不是药神》中就有体现，不同年龄群体的刻画颇具代表性，这次在《奇迹·笨小孩》中依然有非常鲜活饱满的群像露出。在角色设计方面，体现着各位编剧怎样的想法？您能否用一两个词来简要形容一下每个主要角色的特点？

A: 《奇迹·笨小孩》是一部群像戏，我们想把每个普通人的优点提炼出来，使角色同时具备典型性，尽量能代表每一个观众。所以从整体上讲，无论是几个人，这个小团队都展现了我们中国人

身上的善良、勤劳、坚毅、勇敢、倔强的美好特质，还有就是每一个人对“中国梦”的向往和执着的追寻。

Q：文牧野作为冉冉升起的青年导演新星，在《我不是药神》中展现出强烈的社会人文关怀，这次编剧团队中既有《我不是药神》的老搭档钟伟老师，也有首度合作的其他编剧老师，请问是什么样的契机促成各位老师来共同完成这次创作的？大家又是如何分工的呢？

A：其实我们长期以来都有合作，比如像《我和我的祖国》中《护航》的剧本，是我跟另一位编剧修梦迪共同和文牧野导演创作的，然后钟伟是他（文牧野）在《我不是药神》里的老搭档。深圳是一个很多元的城市，我们要以深圳为题材，那肯定不能局限于北方，那样写出来也不会具有代表性。所以我们也是考虑到这方面，无论是男性还是女性，都尽量各取所长，发挥想象。

Q：除了强大的幕后团队，文导对于选角眼光也很独到。除了易烊千玺的领衔，“奇迹小队”的建立，“药神小队”的回归露出，每个人似乎都找到了非常适合自己的角色，同时散发出新的特质。在您眼中，他们为角色带来了哪些惊喜呢？

A：其实我对现场拍摄状况不是很了解，但是文导经常给我们看一些素材。就目前，我个人还是很意外，首先千玺真的让我觉得，在同年龄段演员中展现出了超出他年纪的成熟，同时呈现出一种又成熟又干净的状态，赋予了这个角色非常强的生命力。还有就是我们在创作的时候，其实最没有自信的就是景浩、景彤兄妹的呈现。因为千玺本身很年轻，然后演他妹妹的哈琳呢年纪更小，两人没有什么情感基础，也没有那么多的表演经验，他们在一起能不能一上来就达到那种自如的兄妹状态，其实是我们很担心的，但是现在来看这些担心都是多余的。

Q：景浩虽然只有二十岁，却已经熟练地掌握了手机原理，这听起来非常“魔幻”，却有非常现实的故事基底。您在设计这个角色时是如何考量的？有没有一些现实参照？

A：这个有现实参照。在华强北经过大量的实地考察后，我们发现拆手机拆到他这个程度，实际上不是一件很“魔幻”的事情，其实，无论在深圳，还是在其他地方，各个行业里都有大量的能工巧匠，正所谓“高手在民间”，他们真的很厉害。

Q：从整个故事来看，景浩面对这样的命运却从未想过放弃，您觉得景浩这种不服输、想要改变生活的驱动力来自哪里呢？

A：我觉得总结起来的话，是他对母亲、对妹妹的承诺和责任。

Q：在故事中，李平这个人似乎是站在了景浩的对立面，一直在否定景浩的能力。李平这一角色有着怎样的参照意义？

A：大家只是站在各自的立场去看待问题。李平这个人物认为，人如果想要成功，唯一的方法就是在好的家庭生活，从好的大学毕业，最后在大公司上班，一步一步成为高管。其实他代表的不是坏人，而是一种已经固化腐朽的价值观，正是有李平这样的人存在，才更让景浩自我价值实现的过程显得像是一股清流，传递出一种“机会面前，人人平等”的价值导向，告诉人们在争取幸福的道路上，每个人都应该是有相同机会的。

Q：“奇迹小队”的每个人似乎都有“瑕疵”，半失聪的单亲妈妈汪春梅，坐过牢的张龙豪，还有长期漂泊在网吧的刘恒志、张超，干了半辈子表匠、身体残疾的老钟头，这些平凡而有“瑕疵”的人共同追逐着不平凡的梦。您怎样定义影片的故事类型？您希望通过《奇迹·笨小孩》引起观众怎样的一种情感共鸣？

A：虽然我们讲述的是一个平凡人的奋斗史，但实际上影片中有大量的动作戏，所以我们希望它还是一个有类型片质感的现实主义故事片。希望大家看完这部影片后能够多少获得一丝激励，不要因为一些现实的枷锁，忘记自己当年的梦想，在通往幸福的道路上裹足不前。

Q：故事发生地——包容的深圳——就像是神州大地的缩影，在您眼里《奇迹·笨小孩》的故事为什么能发生在这片热土上？

A：深圳这个地方对全中国人来讲是一个很特殊的地方，它是一个梦想之地。另外，深圳确实很年轻，我们来这儿无论是采风还是拍摄，期间看到的一切，都是新的，很有朝气，城市人口的平均年龄很小，有年轻人的地方就会有更多的希望。

Q：景浩最后顺利地完成了订单，除了自己孤注一掷的坚持，也离不开伙伴们的义气相助。通过这个故事，您如何看待成功的标准？

A：成功的标准是一个特别因人而异的东西，真正的成功应该以个人对幸福的定义为标准，以自我价值的实现为标准。如果一个人达到了他个人的幸福，无论有没有钱，无论身体是否健全，都可以认为是成功的。所以，如果我们用这个方式去衡量景浩的话，我不认为景浩的成功在于他最后创业成功，创办企业，我认为他成功的标志是他治好了妹妹的心脏病，实现了自己的愿望，考上了大学，脱离他曾经破碎的原生家庭而重新拥有了家人——那些和他共同创业的伙伴，并完成了他的梦想，终获幸福。成功的标准其实是个人梦想与个人价值的实现。

Q：《奇迹 · 笨小孩》作为一部展现新时代年轻人在深圳通过把握机遇、奋斗成长与创业的影片，众多不完美的草根人物都在追逐更好的人生，您又是如何理解影片传达的主题的呢？

A：“中国梦”是每一个中国人都能做的梦，而且是可以实现的梦。所谓追逐更好的人生，这个“好”是完全建立在个人标准上的，不是我们普通意义上的贫穷富有，而是幸福。

Q：奇迹的背后是景浩在创业路上遭遇挫折与磨难却从未放弃。在您眼中奇迹是什么？

A：奇迹就是人对梦想、对幸福的执着和不放弃的精神。

Q：如果向别人推荐这部影片，您会说什么？

A：《奇迹 · 笨小孩》讲述的是一个小人物通过自己的努力实现梦想、终获幸福的故事。去看这部电影，我相信它也会在你实现个人梦想的道路上成为你的助力，助你完成自己的奇迹，获得自己的幸福。

这部电影会让你看到坚持责任和梦想的力量

对话《奇迹·笨小孩》编剧钟伟

Q：影片故事发生在二〇一三年的深圳，您能否给我们简单地介绍一下，《奇迹·笨小孩》讲述了一个什么样的故事？

A：它讲的是一个平凡人创造奇迹的故事。在深圳这个特殊的城市，一个有梦想的城市、一个充满“魔力”的城市里，这个故事背后有巨大的情感力量，关于亲情、友情。

Q：故事场景充满南方深圳生活的烟火气，比如城中村、华强北、摩天大楼等，您在撰写剧本之前做过哪些调研工作呢？

A：其实我们团队在创作剧本前，除了从文稿上去找素材，还先后四次到深圳调研。我们希望在深圳找到那种非常有生活质感的、能代表平凡人的生活场面，来撑起这个充满激情、充满奇迹的故事。

Q：文导刻画社会群像的功力，在《我不是药神》当中就有很多体现，不同年龄群体的刻画颇具代表性。这次在《奇迹·笨小孩》中依然有鲜活饱满的群像露出，在角色设计方面体现着各位编剧怎样的想法？

A：因为文导是这样一个人，真实性对于他的作品来说可能是第一位的。首先，有真实性才能诞生真实的情感，真实的人物诞生真实的情感，所以在对这些人物的拿捏当中，可能我们第一个考虑的就是这个角色跟观众的关系，行话称之为“代入感”。所以这个地方是需要一些经验，也是我们的一种审美追求。从导演到我们的创作团队，把这个放在很重要的一个位置上，这是我们互相信任和审美趋同的结果。

Q：您能否用一两个词分别形容一下每个角色的特质？

A：我们会给每个角色确立关键词。遵循一个原则：在主题思想下，配角为主角服务，主角缺什么就补什么。我们的故事是关于亲情的，主角缺完整的家庭，所以我们把社会关系当成家庭关系来写——对于景浩，老梁就是父亲，老钟头是爷爷，汪春梅是姑姑，张龙豪是舅舅，张超是表哥，等等。每一个角色都能找到一个家庭关系来对位，这样会比较有效地突出情感主题，确立人物功能，所以大部分演员的关键词就是一个大家庭里的不同身份。

Q：那比如说易烊千玺饰演的这个角色，您会觉得他身上有什么特点？

A：易烊千玺跟这个角色在某些方面是很匹配的，就是他有骄傲的地方，有很有尊严的地方，也有脆弱的地方，这地方是他骨子里头不轻易示人的，所以这个东西跟我们角色的塑造很相似，这可能也是导演选择他的一个考量吧。他并不是一个特别叛逆或者特别犀利、锋利的人，他的那个内劲是往回收的，这个演员的特质跟角色的特质是相通的。

Q：您能简单聊一下编剧是如何分工的吗？

A：我们有两个主笔的编剧老师，周老师跟修老师，虽然他们都是很年轻的编剧，但是其实相当成熟。我们合作起来没有什么观念上、认知上的差异，所以还是很和谐的。但是在过程当中确实是因为文本难度很大，大家都很辛苦，我们从前期的选题到结构，到序列，到后面的剧本的写作，一直到修改都特别紧张，每一个环节都是熬夜弄出来的，甚至最后闭关的时候大家都住在一起，大家共同付出了很大的心力。

Q：您跟文导是再次合作，这次再合作有什么感受吗？

A：我的感受是文导越来越成熟，他在创作上面一直在创新，剧作方面在不断地精进，改变了一些我们觉得可靠的有舒适感的写作方式，我们在打破它。我觉得这可能是我们区别于别的创作人的一个特点，然后这个特点会一直伴随我们。

Q：这次除了强大的幕后，文导对于选角眼光也很独到。除了易烊千玺领衔的"奇迹小队"，还有"药神小队"的回归，每个人似乎都找到了非常适合自己的角色，同时散发出新的气质。在您眼中，他们为角色带来了哪些惊喜呢？

A：我觉得演员们给了我一个挺大的惊喜，尤其是我去探班，看了现场的一些表演跟剪辑后的成片之后。可能是因为他选的这些演员在某种方面，从气质上面还有从审美方面拿捏得比较准，所以每个演员在故事里面就很合拍。演员基本上在塑造自己，我觉得这其实是挺难得的事情，前期选角能够体现出眼光准确的优势。演员体验了之后，自然散发出来的东西会更多。这些东西让我觉得很真实，情感也很真实，所以我感受到了强烈的震撼。

Q：片中的景浩虽然只有二十岁，却已经熟练地掌握了手机原理，这听起来非常“魔幻”，却有非常现实的故事基底。您在设计这个角色的时候是如何考量的？有没有一些现实的参照？
A：这是我们这次创作中最难的一个问题，可以说我们创作的大半时间都困在这个地方。我们要找到真实的东西，真实的人物。在这个过程当中，我们前期做了一些文本调查来寻找这样的人物，发现他们确实存在。

Q：从整个故事来看，景浩面对命运的坎坷从未想过放弃，您觉得景浩这种不服输、想要改变生活的驱动力来自哪里？
A：还是回到主题的表达上面，我们讲的是一个平凡人的奇迹，所以我们找的是普世化的共通情绪，我们希望这个故事是一个大家都能共情的故事。它能打动人的就是普通人那种想要扼住命运咽喉的精神，去突破自己的局限，去满足一个美好的愿望，比如过上幸福的生活，照顾家人，成为一个家庭的担当，我认为这是每一个中国观众都能感受到的一个容易理解的主题。

Q：在故事中，李平这个人似乎是站在了景浩的对立面，一直在否定景浩的努力。李平这个角色有着怎样的参考意义？
A：首先我们都有共识，李平这个人物，我们不觉得他是一个坏人，他是一个被固化了的人，他是不能突破自己圈层的人，所以他成为我们故事里面反面力量的一个代言人。某种方面，比如我们抽象来说，甚至有可能这样来理解：他是一个自我否定的人物。就像我们经常会自我否定，我们把他外化出来，做了这样的一个人物。当然对李平这个人物我们也做了一些落地化的处理，让他变得比较真实，其实真实在这部电影里面是贯穿始终的。

Q：“奇迹小队”每个人似乎都有“瑕疵”，半失聪的单亲妈妈汪春梅，坐过牢的张龙豪，还有长期漂泊在网吧的刘恒志、张超，干了半辈子表匠、身体残疾的老钟头，这些平凡而有“瑕疵”的人共同追逐着不平凡的梦。您怎么定义影片的故事类型？
A：整体上来看，这个故事仍然是一个励志的创业故事。按照创作语言来说，它是一个前情故事，但是如果通过前情故事的方式来讲，我觉得不会达到一个很好的电影效果，所以我们给它增加了比较多的背景故事——情感故事，人物关系之间的故事。刚才提到的这些人物，他们跟主角产生这样那样的情感故事，与主角有共同的目标，在主角的刺激下大家有了自己实现目标的愿望，这个部分就是我们结构上面的分解与处理。这个故事的难度也在这儿，它不可能很容易找到对抗面，这样的故事是在我们这个条件下、这个材料题材下面找不到的。就是和我们一般讲的动作线和人物关系线相比，它的比重是不一样的，这也算是我们的一个创新。

Q：您希望通过《奇迹·笨小孩》引起观众怎样的一种情感共鸣？

A：首先我是觉得这个故事要带给观众的是一种情感上的满足，一种安全感，然后再看到小人物的坚持、信念、责任，最后有一个美好的结尾，我希望观众能从这个故事里获得一些情感上的力量，也能够像我们的主角一样突破它的维度。

Q：故事发生地——包容的深圳——就像神州大地的一个缩影，在您眼里《奇迹·笨小孩》这样的故事为什么会发生在这片热土上？

A：因为深圳是我们改革开放的前沿，是最早进行产业结构更新的一个地方，在那里肯定会出一些靠着自己的智慧、毅力来实现自己梦想的人。并且，随着我们国家各省各地都有自己的产业发展，这样的人会越来越多。我们希望这部电影能够给全国带来奇迹的力量。

Q：景浩最后顺利地完成了订单，除了自己孤注一掷的坚持，也离不开伙伴们的义气相助。通过这个故事，您如何看待成功的标准？

A：我觉得成功就是突破自己的维度，因为成功的对手永远是自己——可能就是昨天的你。你只有坚持下去，克服你自己觉得不能克服的困难，才有可能成功。所谓的成功不光是改变自己，还得改变别人，一起成功才是成功。

Q：片名是“奇迹·笨小孩”，但奇迹的背后，是景浩在创业路上屡遭挫折与磨难却从未放弃。在您眼中奇迹是什么？

A：我觉得奇迹不是一个特别的东西，也不是那么匪夷所思的东西，普通人能够通过自己的行动、坚持、韧性，能突破自己，能做成的事情都可以叫奇迹。

Q：请用一句话向观众推荐一下这部影片。

A：这部电影会让你看到坚持和梦想的力量。

《奇迹·笨小孩》比《我不是药神》更细腻

对话《奇迹·笨小孩》美术、造型指导李淼

Q：请问是什么样的契机使您加入这部影片的呢？

A：大概是二〇二〇年底的时候，牧野导演给我看了《奇迹·笨小孩》的大纲。当时只有一个故事大纲。因为我们之前合作过《我不是药神》和《我和我的祖国》的《护航》单元，所以我们有很强的默契，就开始进行《奇迹·笨小孩》的创作。基本上牧野有新片子的时候，有新想法的时候，都会跟我们去探讨。

Q：看完《奇迹·笨小孩》这个剧本后，您觉得这个故事最吸引人的地方是什么呢？

A：我觉得这部片子特别吸引我的地方是，一个普通的、平凡的少年，通过自身的努力改变了自己的人生轨迹。这个故事与我们每一个人的生活体验都息息相关，尤其是像我们这样的人。电影情节跟我们的生活经历很像，因为我们都是很普通的人，通过努力学习知识去改变自己的人生，去创作，去改善家里的生活条件，这个故事能引起我们很强烈的共情感。看到景浩这个人物之后，我觉得他很像中国当下生活的普通的年轻人。

Q：作为影片的美术、造型指导，能否为观众介绍一下您具体负责哪些工作？

A：我在这部片子里面负责美术工作和造型工作两大块，其中美术包含置景和道具工作，造型负责服装和化装的工作。

Q：影片的故事背景设定在将近十年前，对于整部影片的美术风

格您是如何考量的？

A：对，这个“十年以前”其实是一个很特殊的时间点，因为它其实离我们不是很远，有很多跟现在重合的地方，它不像“五十年以前”很明确是另一个时代。这个时间节点，我们既要能够唤起人们的时代记忆，又不能对整个的外部环境做大的改造。像我们拍现实题材的电影，大量的戏都是在城市里，在一些基本没法改造的地方拍摄，所以我们现在尽量追求一种气质上的契合，而不是追求它的某一个细节。

Q：您可否介绍一下影片的美术造型基调？

A：这部片子的美术基调跟整部电影是契合的。电影讲述的是一个少年成长、改变人生的故事，我们整个美术基调是想制造一种生机勃勃的质感，所以用了很多很强烈的色彩，比如大片的蓝绿色块，这样不会让人感觉到单调。这是我们对整部片子基调的设定。同时，这部片子又是一部现实题材片，现实题材的电影比较难做的是如何让观众进入这个电影的世界中来，因此不能让鲜艳的色彩带来跳戏的感觉。我们所有电影影像化的一些强烈视觉风格，必须很巧妙地融入在这个现实的基调里面，就像走平衡木一样，非常难找中间的平衡点。

Q：您一直和文导合作现实主义题材，与《我不是药神》相比，您认为《奇迹·笨小孩》有哪些创新之处？

A：我能明显地感觉到《奇迹·笨小孩》比《我不是药神》更细腻。文牧野对很多细节的处理，都特别特别细腻。我们美术也好，摄影也好，这几年都在成长，文牧野也在成长，所以这部片子整体呈现出来的是一种大制作、商业剧情片的质量。其实我们一直在学习好莱坞商业片的一些工作模式，在创作《奇迹·笨小孩》的时候也尽量去把它拍得更加精致。《我不是药神》从我们自己的经验来说也好，从当时的条件来说也好，可能达不到那么细腻和精致，但是在《奇迹·笨小孩》里面，我们都做到了，弥补了很多以前的缺憾，希望我们今后能更加接近专业系统的大制作、商业剧情片的水准。

Q：这次您带领的美术团队有多少人？请简单地介绍一下。

A：并不是很多，服化的团队大概有十四五人，负责置景道具的人会比较多，最多的时候可能有七八十人，对于一部这个量级的电影来讲，其实人不多。我是一个追求细节点而不是数量的人，我希望能把细节抠得更扎实，而很多事情并不是人多就能解决的。我们看到影片中的场景相当繁复，既有城中村地下室、铁皮棚的拥挤，又有摩天大楼、公路的宽敞明亮，非常庞杂，我们在处理每个场景的风格关系上下了一番工夫，尽力去抓每个场景所表达的内核，将它们联系在一起。在整部电影的美术风格上，我们追求的是强烈的生机勃勃的感觉，主人公非常努力的这种生机勃勃的感觉，所以我们用了很多强烈的颜色，就像日光板的彩色，或者是很通透的一些蓝绿色，靠这些色彩去丰富我们场景的浪漫主义。这虽然是现实主义的电影，但是我们想通过这种现实主义的故事，讲浪漫主义的情怀——通过我们自身的努力，去改变我们的人生。

Q：那您如何统一这些不同场景的视觉风格?

A：有一条逻辑就是我们不会滥用色彩，在做色彩的时候会选择和谐的统一。可能你看到其他电影有些场景会觉得很梦幻，但也会觉得它有那种塑料的质感，而我们会控制颜色，红橙黄绿青蓝紫，不可能同时在一个画面里呈现，因为这样会让观众觉得颜色非常杂乱。我们对每一个场景都会做颜色的筛选，比如说这场可能是一个蓝绿色的气氛，我会刻意把中间的红色和橙色去掉或者减少，但是也不能完全没有，没有的话就丧失了真实感。我们会做一个内在的色彩筛选，用这种色彩的筛选来统一整部电影的气质。

Q：这部电影中有没有哪个场景让您印象非常深刻?

A：这部电影最主要的一个场景就是堆货场。这个堆货场，它在现实生活中是不能够承载起开一个电子厂的需求的，因为这种堆货场一般都比较杂乱，电子原料厂又比较干净，所以我们在深圳市中心的一块空地上自己搭建了这样一个堆货场，在这里面用了很丰富的颜色，但是又控制了颜色的饱和度，所以看上去非常舒服。刚才我说的“浪漫主义的色彩”，在自己建造的景里面，就会比较好地呈现出来。

Q：除了影片的美术指导外，您也负责影片的造型，主人公景浩从修手机的小师傅再到厂长，最后成为优秀青年代表，面对这样的身份转换，您在造型设计上是如何体现的?

A：因为做的是现实主义电影，我觉得非常苦恼的是不敢用很多很强烈的造型手段，因为会让观众出戏，所以我在这部电影最开始的时候很犯愁。后来我们找到了一个很好的解决方案，就是景浩的这件黄色广告衫。这件广告衫上印着他手机维修店的电话，相当于是他在为自己做人肉广告。我觉得它既能体现人物的职业特征，又可以展现角色的生存困境，同时也符合我们的色彩风格。所以我觉得当我找到了抓手之后，整个人物的脉络就有了，其他的色彩也可以根据这个脉络跟上，就是在他最初的时候是非常浓艳的颜色，渐渐地向成熟稳重落地。

Q：此次拍摄《奇迹·笨小孩》大概准备了多少套服装？

A：如果是主演加群演的话，超过两千套。

Q 故事发生地——包容的深圳——就像是神州大地的一个缩影。在您眼里，《奇迹·笨小孩》的故事为什么能在这片热土上发生？

A：我觉得《奇迹·笨小孩》里的景浩，跟我们每一个年轻人是非常相似的，因为他个人的成功离不开时代的影响。其实我们每个人的成功都离不开时代大背景的推动，个人的成功离不开社会的发展。我们看到这个故事的时候就觉得他是社会青年人的一个缩影。深圳是中国的一个区域，其实我在做美术的时候，曾经去过华强北等很多电子市场，我跟很多卖手机、卖电脑、卖各种电子元件的老板都聊过，我觉得他们就是一个个景浩。因为他们来到深圳的时候都是一穷二白，开始做打工青年，后来承包一条生产线，再然后开一个小工厂，一点一滴地积累起来，最后变成了现在的中产阶级也好，或者说小公司的老板也好，实现了个人的自我价值，改善了家庭的生活条件。这部电影就是一个个青年人的缩影，也是整个时代的缩影。其实整个中国现在都在高速地进步，高速地发展，成为每一个年轻人梦想生活发芽的地方。

Q：景浩最后顺利完成了订单，离不开自己一直的坚持，也离不开伙伴们的义气相助。通过这个故事，您如何看待成功的标准？

A：我觉得成功的标准就是实现自我价值。中国人特有的一个品质就是对家庭的责任感，其实景浩一开始追求的，是让他的妹妹过上稳定的幸福生活，有一个健康的身体。我觉得这是中国人的一个特质，我们起早贪黑去工作，其实很大一部分不是仅仅为了我们个人，更是为了让我们的家人过上更好的生活。我觉得这是我们中国人的特质在景浩身上的反映。更深一步讲，我觉得还有社会责任，就是他这一群团队朋友们和帮助他的人的动力。就像我们自己的美术团队，有时候我觉得我们工作是为了让我们团队每个人都能过上更好的生活，这就是我们的社会责任。

Q：在奇迹的背后，景浩面对创业路上的挫折与磨难却从未放弃。在您眼中奇迹是什么？

A：奇迹其实在我们每个人的人生中都会发生无数次，我们自己的人生之路就是由一个个奇迹成就的。我们通过自身的努力，去改变我们自己，每一个转折点，都是奇迹。比如我们初中毕业后考上一个好的高中，这就是通过自身的努力达到的“奇迹”。在做一个项目的时候做得比较出色，这也是一个奇迹。所以我觉得每个奇迹都是自己通过每一点努力，改变了一个一个小的节点，每一个小的节点最终汇聚成一个大的奇迹。

Q: 最后请用一句话推荐这部电影。

A: 在这部电影里面，我们可以看到每一个平凡的普通人努力的样子，我希望我们都能够通过自身的努力改变自己的人生。

把这个在中国还没有特别明确的类型深入下去

对话《奇迹·笨小孩》摄影指导王博学

Q：是什么样的契机让您加入这部影片？这个故事最吸引您的地方在哪里？

A：这是我跟文牧野的第四次合作，当他接到这个项目的时候，就给我打电话说准备要做一个在深圳创业的故事。当时还处于剧本开发的早期，他大概给我讲了一下故事的方向，让我开始准备一些影像方面的研究，我就这样很自然地加入了这个项目。这个故事最吸引我的还是人物，剧本写的是一个小人物成长的励志故事，通过人物的成长来展现城市的进展。

Q：在确定了影片整体风格之后，前期筹备做了哪些工作？

A：前期筹备主要是跟导演和其他主创在一起做一些案头工作，摄影师的前期工作主要是技术测试和影像思路整理。《奇迹·笨小孩》这部电影，故事发生在深圳，我自己之前也只是作为游客来过深圳，对深圳的风土人情并不是特别了解，但我和导演又希望拍出深圳这个城市自身的风貌特点，所以前期找了很多平面和视频的资料。后来我找到了深圳一个叫占有兵的平面摄影师，他本身也是深圳的一个打工族，爱好摄影，因为自己工人的身份拍了很多关于打工人生活的图片。他的平面作品给了我很多启发，后来我把他的部分作品推荐给了导演和美术指导，大家都很喜欢。之后制片人刘明轶联系到了占有兵老师，导演带着编剧组、美术指导还有我分别去拜访了占老师几次，看了他的很多画册以及一些未出版的作品，我们从这些作品里面找到了很多灵感。

我们的主角景浩有一个特殊技能是拆修手机，导演希望我们能完整体现拆机流程，让观众相信景浩这个角色真的会拆手机。所以，前期技术测试时我将一部分精力放在研究如何把拆手机的流程和手机内部的微观世界展示给观众。常规情况下我们会选择微距镜头来拍摄局部特写，但这样的话很难让演员和物体同框，观众就感受不到演员是在真正操作了，会缺乏一些现实主义的真实感，所以我后来找到了一款广角微距镜头，它可以把演员和手机放在同一个画面里，也可以探到手机内部去。前期给导演做了一些这个镜头的测试，导演也很喜欢这个效果，最后正片中我们就用了这个方式拍摄。

Q：您是如何通过摄影镜头来体现故事的年代感的？

A：关于影片的年代感，在摄影层面我并没有主观地去做大的区分，年代感主要体现在美术设计和人物造型上，包括演员使用的手机道具，都很有年代感。虽然故事的背景是二〇一三年，但这个年代的时代风貌跟现在并没有很大的差别，如果在影像上主观地去区分年代感，会让观众产生刻意的感受，那就丧失了一部分现实主义的魅力。在镜头选择上我这次主要使用了两款不同的镜头来区分不同的故事线：一款是蔡司的 SPR 镜头，它本身的镜头特点偏锐利一些，我用它来拍景浩的创业线；一款是安琴的 OP 镜头，它本身的镜头特点偏柔和一些，我用它来拍景浩和妹妹的感情线。

Q：这次幕后班底，除了导演以外，还有一些《我不是药神》的老班底，比如与美术指导李淼老师再次合作。您的感受如何？有什么话想对导演和其他人说？

A：我跟李淼本身就是非常好的朋友，我们除了工作之外，平时私下聚会也很多。这次跟他合作感觉非常熟悉，因为通过《我不是药神》，我们已经非常了解了，包括这次我们跟导演在一起前期筹备定风格的时候，并没有刻意去做一些不同风格的尝试，因为导演本身的电影美学观念非常成熟，我跟李淼也很了解导演的想法，很多地方都是延续了《我不是药神》现实主义商业片的基底，然后在此基础上去探索如何在保留现实主义风格的同时再往商业性上去靠近一些。我跟李淼这次更多的探究是在影像色彩方面，影像色彩是摄影指导和美术指导一起努力合作才能达到的。我们到深圳勘景，发现深圳是一个非常多彩的城市，它的建筑就很多彩，所以基础环境的色彩都很丰富。但如何把这种彩色的世界放到电影中是一个很大的考验，因为电影色彩学本身就是一门单独的学科，电影中不能随意使用色彩，要根据故事和人物情绪来使用，而现实主义又不能对色彩做过多的提炼和统一，所以我这次跟李淼合作做了一些色彩方面的尝试，既能让观众感受到这是一个真实的环境，又对色彩做了最大化的统一。

Q：我们在阅读剧本的时候，发现导演对天气环境的要求非常具体，时而晨光洒下，时而暴雨倾盆，时而雨过天晴，您是如何通过光线色彩去配合完成这些画面来达到导演对电影的美学诉求的？

A：对，这部影片导演在剧本中对环境气氛的描写都非常详细，片子本身是一部励志的电影，同时也是一个很温馨的故事，导演希望能通过外部环境来烘托人物内心的情绪。这部电影应该是我拍过雨戏最多的一部，大概有三十几场。在前期筹备的时候，我们就跟物理特效老师一起开会，把所有雨戏根据剧情的推动和人物的情绪细分为小雨、中雨、大雨、暴风雨等几个阶段，同时我在光线上再通过不同的人物状态做不同的处理。

Q：听说您会把不同品牌的摄影机当作不同风格的底片使用，能不能分享一下您在这部影片中是如何选取摄影机和镜头的，它们起到了什么样的作用？

A：对，我觉得数字时代每一款不同的摄影机，它的公司背景和它的传统不一样，每个器材的感光元件的设计原理不一样，导致不同数字摄影机呈现出来的影像、质感和色彩也都是不一样的。这就等同于当年大家在拍摄电影胶片的时候，使用同样的摄影机也会根据影片风格选择不同的胶片，制造不同的影片质感。在拍《我不是药神》的时候我是这么处理的：因为有中国本土部分和印度部分，我就通过不同的数字摄影机营造两种不同国家的氛围。但是回归《奇迹·笨小孩》这部电影，因为整个故事时间线非常短，大概也就三四个月的时间，而故事的发生地都在深圳，所以我希望影像有连贯性，不要让大家感觉跨越特别大。这次我选择了 ARRI 这款摄影机。

Q：影片中有很多狭小拥挤的城中村、小仓库、网吧、地下室，也有宽敞明亮的摩天大楼，画面非常丰富。有哪些场景是实景拍摄，有哪些场景是搭建的？有没有遇到一些困难，又是如何克服的？

A：基本上都是实景拍摄，应该有 95% 的戏都是在实景中或者实景改造的场景中拍摄的。这其实是跟影片的风格有关系，现实主义影片我们希望故事尽量在真实的环境中发生，让观众更有代入感。比如景浩家的场景，它的房间是在深圳最繁华的城中村里面，流动人口非常多，然后上下楼住的人也非常多，屋内面积非常小，在那个场景里只能同时放下两个演员和两个掌机，再多一个人就没有地方了。但是当时美术指导、我和导演，我们三个还是坚持选择了实景，虽然提高了制作难度，但实景的魅力永远是高于人工塑造的。人工搭建的场景再完美，还是会损失天然的生活质量，包括光线质量，其实都是不一样的，所以我们最终克服了非常多的困难，为了追求真实感，坚持在实景中拍摄了。有几场很难在实景中完成的，我们就在棚里搭了一点点，比如说景浩，他原来的工作是一个“蜘蛛人”，需要在高楼外面拍他工作的场景。这个很难让演员真的在高空中完成，所以我们就在棚里搭了一个玻璃外墙，演员吊着威亚完成了表演。

Q：影片中的人物性格迥异，您在摄影方面是否有一些运镜的设计去配合角色的性格？

A：文牧野导演这两部长片都是多人物，其中有一个核心的人物，比如《我不是药神》中的程勇和《奇迹·笨小孩》中的景浩，同时在主角身边都有一些不同形态、不同色彩的人，导演在电影中写到这些人的差异性，我只是把这个差异性用不同的手段呈现出来。比如说《奇迹·笨小孩》里边的刘恒志和张超，他俩的出场是在网吧里，这个环境本身会有一些特定氛围的属性，所以我用了一些色光和烟雾来塑造网吧的氛围，突出这两个人的生活环境。然后汪春梅是一个有一点生理缺陷的打工人，她的出场是在一个打工人食堂，那个环境非常嘈杂，也是借此表达她的生活的不容易。当她被人打掉助听器的时候，我用了一个无极 ND 滤镜，在她被打掉助听器的瞬间让后景快速虚化，来体现她的精神世界。还有张龙豪是一个前拳击手，他住在一个高楼大厦底下的地下室里面，剧本中的环境描写就给了我很多创作的依据，基本上我就是用影像把人物的环境强化一下就可以了。

Q：影片的主演易烊千玺，在以前多部作品中展现了非常有潜力的表演，您能否谈谈此次跟千玺的合作中他的表现，他给您留下了哪些深刻的印象？

A：首先特别深的印象是，千玺是一个非常敬业的人。因为刚开机的时候千玺的腿是受伤的，我们影片的风格和导演的视听方式需要演员单镜头拍很多遍，每个镜头都是从一场戏的头演到尾，加上我们的机位又非常多，所以对演员的考验非常大，他要有非常强的韧性、耐性和专业度。所以我觉得他的职业素养是非常好的。第二点，我觉得他非常刻苦。我在现场基本上没有看到过他拿剧本，一般情况下大家都是手里拿了剧本，再到现场跟其他演员对词什么的，他这个过程我没有看到过，每天到现场他跟大家走完戏就直接拍了，我没看到他拿剧本在现场重新背台词，所以他应该在背后做了很多工作。还有一点是，我感觉他悟性非常好，导演本身对表演的节奏控制、情绪控制就非常严格，导演每次跟他说一些表演上的细微调整，他能立马明白并做出调整，所以他的理解力是非常强的，加上他本身也学音乐和唱跳，他的节奏感特别好。我觉得他是那种所有摄影师都非常愿意合作的演员。首先敬业，然后镜头感特别好，很好拍。之前听到很多人夸他天才，以为都是商业互捧，但真正跟他合作之后发现他确实是一个非常有天分且努力的演员，他的成功是值得的。

Q：演妹妹的哈琳是首度接触银幕表演，都说小孩非常难拍，您如何捕捉小演员的情绪？

A：哈琳真的可以说是一个天才，她的表演非常自然。在前期筹备的时候，还跟导演探讨过有可能小孩很难拍，要想一些备用方案，比如有小孩的戏就先拍小孩，怕她每条不一样，怕她拍一会儿就精神不集中，怕她情绪戏演不出来，等等。但真正拍起来，哈琳并没有出现这些问题，因为在规定情境内去塑造一个人物，对成年演员都不容易，而哈琳很轻松就找到了剧中人物的感受，所以拍到后来的时候你完全不会把她当小孩来看。哈琳的理解力非常强，一般情况下，拍小孩的时候导演可能要具体到指挥她的动作，而哈琳不用，导演只要能说个情绪情境，她都能理解，而且她能表现出那种特别细微的情绪变化。导演喊开始，她能迅速进入情境，导演一喊停，她就变成了活蹦乱跳的小姑娘。所以我觉得她真的是那种天才型的演员。

Q：《奇迹·笨小孩》已经杀青了，您对摄影又有哪些新的感悟？

A：对于我个人来说，也有很大的成长。这次是我第一次使用三机位同时拍戏，之前拍戏的时候都是双机位。我对双机位拍摄的方式，包括光线处理、机位分配、调度设计等都更熟悉一些。这次基本上每场戏都是三台机，我要考虑这三台机器如何分配镜头，保证每台机器完成的画面不要有重复信息，同时尽量保持每台机器拍摄的影像质量要高，这个耗费了很大精力。通过这次拍摄，我在多机位的使用和布光方面还是积攒了一些经验的。

Q：景浩最后顺利完成订单，除了自己孤注一掷的坚持，也离不开伙伴们的义气相助。通过这个故事，您如何看待成功的标准？

A：成功其实没有一个持续的标准，当你自己在设定了一个目标之后，你完成了它就算成功。就像在我们的戏里，景浩面临一个困难，就是他的妹妹有心脏病，急需一笔钱来给妹妹治病。刚好他有朋友提供了一个赚钱的契机，虽然这个契机可能会有很多风险或者很多困难，但为了妹妹的健康，他愿意付出汗水去接受挑战。通过自己的努力完成了这个目标，那他就成功了。

Q：《奇迹·笨小孩》是一部展现新时代年轻人把握机遇、奋斗成长的电影，众多不完美的草根人物也都在追逐更好的人生。您又是如何理解影片传达的主题的？

A：这部片子讲的是一个非常温情的故事，它想向观众传递的价值观是非常正向的。我们中国人特别注重感情，尤其是亲情，我们愿意为所爱的人付出一切。同时，我们中国人又是非常吃苦耐劳的，勤奋一直是我们中国人非常优秀的品质。本片就是想通过一个社会底层人的视角和经历告诉观众，只要我们努力，只要我们相信爱的力量，就可以做成我们想做的事情。这个点放在一个家庭里面是这样的道理，把它引申到国家发展层面也是同样的道理，我们为了祖国，可以付出我们所有的辛勤汗水，努力去建设它、发展它。

Q：请用一句话推荐一下这部电影。

A：《奇迹·笨小孩》是一部非常温暖的电影，我相信处于不同年龄段的人在观看这部电影的时候，都能找到不同的情感落脚点。年轻的人很容易从中找到生活中、工作中的共鸣，年长的人很可能找到再次出发的动力，成功的人可能会回忆起自己艰辛但幸福的过往，失败的人可能会找到重新站起来的力量。希望大家都会在电影院找到属于自己的奇迹。

奇迹因相信而存在

对话《奇迹·笨小孩》领衔主演易烊千玺

Q：是什么样的契机或者原因使您加入电影《奇迹·笨小孩》的？在您眼中这是一部怎样的电影？

A：契机就是有一天在上海的时候，导演和制片人突然来了，说现在手里有这么一个活儿，大概讲了讲男孩发生的故事、环境等等，然后当时觉得不错，可以试一试。

Q：在这部电影中，您扮演了一个什么样的角色？能否为我们简单介绍一下？

A：景浩是一个二十岁的男孩，他身边带着一个六岁半的妹妹。妈妈因为心脏病去世了，妹妹也遗传了妈妈的心脏病，景浩就必须想尽办法赚钱，给妹妹做手术，救妹妹的命，所以妹妹其实是景浩在深圳一路打拼的最原始的动力。

Q：您对作品或者角色选择的标准是什么？

A：就是自己喜欢。不管是剧本、故事、班底……所有的，因为演员其实就只算是剧组里面的一个齿轮，整体的水准都不能差，作品才会好。

Q：《奇迹·笨小孩》的故事放在了二〇一三年的深圳，一个充满机会的城市。作为千禧年出生的孩子，您又是如何主动去贴近这个年代的角色的？

A：其实二〇一三年离我不远，再加上我现在本来也二十多岁，所以对于时代，没有太大的差距需要我去顾虑。

Q：电影中景浩的人物设定，一出场就是个精通电子器械处理的拆机少年，熟练操作所有的手机零件，甚至自制拆机图。为了诠释好角色，您提前做了哪些工作？文导有没有安排做一些特别的训练？

A：拆机部分，跟我们小队里面的其他几名员工一起，跟着老师练了 C8 手机从头到尾的拆机流程。有一段蒙太奇需要拍我各种拆机画面，那一部分可能会更仔细地去背一背。除了拆机以外，还有画拆机的流程图，其中一些有点像设计图，需要用尺子、圆规等量好数据，然后标好用途跟名字，这些都单独学过。

Q：作为“00 后”，您印象中手机最初的样子和现在有着怎样的差别？有没有特意去学习和了解手机的发展史与技术演变？

A：我最开始对手机的印象就是特别小的那种按键手机，上面还带一个很小的那种小屏幕，然后一拔，把天线拔出来，那大概是二〇〇五年、二〇〇六年那会儿，手机在我脑子里大概是这样的。现在就怎么便捷怎么来，几乎各种各样的功能都能浓缩在一部手机里。

Q：故事中不乏粤语，您在台词表现方面有没有和导演一起进行一些特别的学习与设计？

A：我找了组里的会粤语的演员老师学粤语，正好剪辑指导老师也会粤语。在现场演的时候，也会找现场会粤语的人帮忙纠正，专门学一下。

Q：影片中城中村是一个标签式的城市景观，具象，又有着乌托邦气质，人们虽然不富裕，却有着当下社会所缺少的邻里间的友爱。在您的成长经历中，有没有经历过相似的氛围？

A：城中村倒没有经历过，但是村、镇，还有郊区是经历过的，我小时候刚来北京的时候都是跟父母住郊区，先是通州，然后昌平，住的也都是那种小村小镇。跟我童年比较有重合的部分是：我爸以前一直是开厂子的，我从小就是在厂子里长大的，跟我妈、我伯伯那些亲戚住的是那种家属楼，跟办公楼一起的，二楼就是宿舍，旁边的楼都是仓库、食堂、员工宿舍。我小学、初中有大部分时间都在厂子里生活，这个跟景浩开厂办厂是有重合的。

Q 虽然讲述的是励志创业故事，但在影片中不乏景浩兼职高空“蜘蛛人”、骑车追逐寻求机会、公路上与流氓较量保护零件等激烈戏份，您觉得哪场戏最有挑战、最难忘？

A：动作戏其实都挺难忘的。擦玻璃要提前学，也很危险，一个窄窄的板凳，几根绳子就把你吊到很高的空中，我们拍的时候是有威亚的，当你吊上去再往下看的时候，就会有点害怕，就更别说戏里景浩是吊到几十层的高楼。然后电动车，还有追逐这些动作戏，因为导演对节奏这些要求挺高的，就一遍遍来。

Q：您和文牧野导演的这次合作，已经成为众多影迷的期待，一个最佳新人导演，一个最佳新人演员，一位“85”后，一位“00”后，两位的出现被看作中国电影未来可期的新力量。面对这样的关注，会有哪些压力和期待？首次合作感受如何？

A：第一次见导演的时候是私下，不是那种公共场合，在酒店第一次聊这个事的时候，我反正挺激动的，我挺想跟文牧野导演合作。后来拿到剧本，我也觉得挺带劲，景浩这个人物也挺好玩，剧本我也喜欢。但是一到合作起来，其实不能想那么多，不能想那些我们会擦出怎么样的火花，这些都不是我能去控制的，能做的就是把自己投入到剧组里面，能发生什么就发生什么。

Q：此前文牧野导演在拍摄《我不是药神》时，有“文保保”的美誉，同一场戏要求拍摄多次“再保一条”，这次拍摄您有没有感受到导演的严谨？又有哪些戏份是计划外的即兴拍摄？

A：我现在嗓子接近哑的状态，基本就是今天晚上吼了无数条，一直在保。导演要求很高，包括对摄影，对所有调度，这些细节、节奏，就必须得一丝不苟，然后拍好几组镜头。导演要求很高，我也相信这样能出好的作品。

Q：此前您在《放开我北鼻》节目中与小哈琳的相处给观众留下了深刻印象，时隔几年再次相聚并饰演兄妹，有什么不一样的感受？景浩和妹妹景彤相依为命，长兄如父，拍摄时又是如何进入角色的？小哈琳又带来了哪些帮助？

A：不一样的感受就是我对哈琳的爱意又增强了很多很多，哈琳比那会儿要淘气很多很多。我觉得我们算是比较有默契吧，可能是因为二〇一七年那会儿互相认识，互相比较信任，所以工作起来的时候我觉得还挺顺利的。

Q：哈琳在拍摄过程中对您有没有什么帮助？

A：其实我属于性格不太主动的人，我一般遇到对手演员，可能需要时间，要慢慢才能熟起来。我也属于那种不太会主动找人搭茬儿聊天的人，所以二〇一七年那会儿的经历，算是让我们能够更快进入默契的工作状态的一个打底吧。

Q：妹妹景彤的手术费用是故事的驱动力，是景浩拼搏奋斗的动力，亲情是景浩的软肋也是铠甲，您又是如何理解这一设定的？

亲情对您来说意味着什么?

A: 因为有妹妹的生命危在旦夕这么一个设定，所以才会显得景浩在外面的那些事情没有那么悬浮，景浩那么疯狂去找机会，各种闯来闯去，各种打工，因为他有一个很原始的动力。每个人吧，心里绝对会有一条红线，父母就是很敏感的一条线。对景浩来说，妈妈走了，他必须抓住的这条线就是彤彤。不管怎么样，就算手折了，他也必须得上高空，得去工作赚钱，必须得让妹妹也活下来，要不然他真的就是一个孤儿。景浩其实是需要妹妹的，其实问题里面就已经说了，既是软肋又是铠甲。

Q: 除了饰演妹妹的小哈琳，这次还有众多实力前辈加盟，包括“奇迹小队”里的田雨、齐溪、公磊、王宁、巩金国、许君聪等老师，“药神小队”的王传君、章宇、杨新鸣等老师，以及田壮壮、咏梅等戏骨。能否分享下这次与他们合作的感受，或者印象深刻的对手戏?

A: 一部戏，能跟这么多优秀的演员老师一块玩一块工作，算是幸运。我印象最深刻的一场戏是跟章宇老师，就是他训我的那场戏。我以前就很喜欢看章宇老师的戏，也一直盼着能跟章宇老师一块演戏。他训我那场戏其实是他进组之后第一场戏，印象很深刻，章宇老师能给到你能量，互相能演一场舒服的戏。

Q: 故事发生地——包容的深圳——就像是神州大地的缩影，在您眼中，《奇迹·笨小孩》的故事为什么能在这片热土上发生?

A: 首先深圳就是一个因为时代的变化发展起来的城市，我爸我妈就是在深圳打工的时候互相认识，然后怀了我。他们算是在深圳这种时代环境里面出现的工人。因为时代的变化，深圳会涌入很多外来务工人员，会创造很多机会，人们就想要努力打拼，搏出自己的一点事业。

Q: 景浩最后顺利完成了订单，除了自己孤注一掷的坚持，也离不开伙伴们的义气相助。通过这个故事，您如何看待成功的标准?

A: 其实我觉得，达到自己想要的就 OK 了。就是现实一点，那就是你的命运被改变了。没有那么多幸运的人，但是有很多努力的人。

Q: 影片中，景浩擅长拆修手机，替换芯片，也一直想把妹妹的心“修”好，众多不完美的草根人物，也都在追逐更好的人生，您又如何理解影片传达的主题?

A: 影片传达的主题，其实在影片中间的时候讲过，景浩对着妹妹说：“你要记住，只要咱们努力，就没什么是不可能的。”但景浩是成年人了，他知道这句话没有那么真实，尤其是在那么多外来务工人员聚集的深圳，但他是对妹妹说的，就算是一种美好的祝愿，那这祝愿就是对于未来美好愿景的一种向往，只要努力没什么不可能，这个其实算是影片的主题。

Q：片名是“奇迹·笨小孩”，但奇迹的背后，景浩在创业路上屡遭挫折与磨难却从未放弃，在您眼中奇迹是什么？

A：我记得我之前看过一句话，意思就是说幸运其实类似于一种附加产品，你只要全神贯注、全身心地投入某件事情，不想那么多的时候，可能幸运才会诞生一点点。那《奇迹·笨小孩》这个故事，景浩算是顺利吧，他一直就是拼了命地冲，拼了命地打工赚钱，争求机会，他的付出是有回报的。这种回报，就是你付出一点能回报一点，这种其实也算是一种幸运。对于打工人来说，一路幸运加持，再加上他自己那么拼，一路打怪、升级，到达了最后的终点，这个就算是奇迹吧。

Q：切身体验了一把励志人生，会对自身的未来生活有什么影响吗？请您用一句话向观众推荐一下这部电影。

A：奇迹因相信而存在。

完成自我成长，也是一种成功

对话《奇迹·笨小孩》主演田雨

Q：是什么契机或原因让您加入《奇迹·笨小孩》这部电影的？在您眼中这是一部怎样的电影？

A：几年前文牧野导演拍《我不是药神》的时候，我们就长谈过一次，但是那会儿因为时间上有冲突，所以很遗憾地错过了。这次找到我，我就把所有时间都交给文导了。那次在一个咖啡馆里，他把整个电影的所有细节都讲了一遍，如同滔滔江水一般，他对自己的作品其实想得非常非常清楚，每一个细节，每一部分他要表达什么，他对演员的要求是什么，设想的情境是什么，他都想得极其细致。我们讨论剧本的时候，他把所有的场景基本的调子和机位全都设计好了，包括哪一段时间会出现类似什么样的音乐。这些方面配合起来，拍起来就会很扎实。

Q：在您眼中这是一部什么样的电影？

A：就是一个有磨难的小朋友，为了亲情（其实是为了救他妹妹），然后有一帮人，或近或远的普通人在帮助他，在激励他，帮助他共同完成了一件不可能的任务。

Q：您在《奇迹·笨小孩》当中扮演了一个什么角色？

A：梁永诚是一个养老院的护工，实际上是一个杂工，什么都做，给老人家洗澡，打扫卫生。管库房、做饭，好多事他都管。因为梁永诚和他爱人本身没有孩子，景浩经常过来修一下小电器，在他过来帮忙的过程中，和他有一种父子的感觉。在整个帮助他的过程当中，梁永诚是把他当成自己的孩子，或者说，他是始终带着那样的一种希望和关怀跟他相处的。

Q：能否用几个词形容您眼中的梁永诚？

A：他是一个普通得不能再普通的人，但是他很乐观。有时候甚至有一点浪漫，也有一点小狡猾，跟人家讨价还价，有他生存在那个环境里的“小聪明”，有些时候他又很深沉，对景浩的无论是理解也好，关怀也好，帮助也好，我希望能传达出当时自己感受到的东西。

Q：为了诠释好养老院护工的角色，您有没有提前做一些准备工作，或者对特定人群的细节做一些观察？

A：当时也关注了一些养老院的题材，找了点纪录片来看。其实从大学毕业，到后来我姥姥、姥爷去世全程我都在，如何照顾老人，包括给老人洗澡，这些方面我多多少少还是经历过的，所以说也还算比较了解吧。

Q：片中的养老院位于城中村，是一个标签式的城市景观，具象，又有着乌托邦气质，人们虽然不富裕，却有着当下社会所缺少的邻里间的友爱，您是如何看待这一设定的？

A：就是很朴实，很现实，又很温馨。我们拍摄的现场，是一个很温馨的状态，一个小二层楼底下还有个小养鱼池，美术做得很细致，底下弄的小莲花呀，里边还养了小鱼什么的，就是类似城中村那样的一个充满烟火气的地方。

Q：影片中也不乏动作戏，有没有哪场戏是比较有挑战性的？难度最大的一场戏是什么样的？

A：因为我们一般拍动作戏大概都是一镜一个地完成，但是文导他要求得很细致，就是你这一镜里完成的那一部分，要求你把前一个动作，包括这一镜里完成的动作，以及后面你要做的一个动作连贯起来，他只用中间这一段，所以实际上就增加了相互配合的难度。

Q：梁永诚和景浩的关系如父如子，您可以简单地说一下吗？

A：看到剧本的时候我就有种感觉，就是他们俩其实不是陌路之人，我给他的情感依托点就是这样，而且在生活中，千玺的父母跟我年纪其实差不多。然后在拍戏过程中他受了很多伤，我是这些年拍戏积累的经验，各类的药物都随身带着，什么膏药、受到外伤的液体创可贴，所有东西我都带着。他那一发生什么了，我就赶紧把膏药给他贴上。用这个液体创可贴非常疼，但是它不会穿帮，也不会有其他问题。其实我们在工作过程当中也在培养这样的一份情感，我想我也都在电影里面呈现出来了。

Q：此前文牧野导演在拍摄《我不是药神》时，有“文保保”的美誉，同一场戏要求拍摄多次“再保一条”，这次拍摄您有没有感受到导演的严谨？又有哪些戏份是计划外的即兴拍摄？

A：他真的是特别特别严谨，其实这次跟他拍这部电影，我觉得对我自己来说，在表演这方面也是“回归”了很多。他要求的东西都是对的，你发现有些地方的确是你疏忽了，或者有些地方不准确，他帮助你更精准。是一次很开心的合作。当然，因为拍的遍数多，你的体力和精神上有时候会跟不上，但是大家都在咬着牙坚持。千玺当然比我们的戏量还要大，镜头数还要多，就眼看着千玺非常坚定地在导演的指导下，一遍一遍地来，其实也挺心疼他，同时也能感觉到千玺的那种意志力。

Q：哪些戏是即兴发挥的？

A：挺多的，其中有一个他们还蛮高兴的。千玺来修东西，其实只是一带而过的镜头，就是我进门之后，跟我老婆打了一个招呼，给了她一个飞吻，导演他们这边就炸了。其实像梁永诚这样的人啊，在他那个年纪，依然有爱情，也很热爱生活，这个发挥给他们的惊喜会大一点，也是记忆比较深的一个点。

Q：这次合作中您与饰演景浩的易烊千玺对手戏颇多，此前您对他印象如何？通过这次合作感受如何？

A：以前我还是停留在TFBOYS那个阶段，就是他唱歌啊，是那样的印象。拍这部戏中间，我看了一下他跟周冬雨的那部电影，其实跟这次的角色完全不一样。我们平时，包括私底下有时聚会的时候，尤其是在现场，感觉到千玺在彻彻底底地进入景浩那个角色的状态，跟之前的那个角色完全不一样。而且他在镜头前足够地打开自己，是人物的那种打开自己，非常非常难得，做得非常好。

Q：除了千玺之外，您这次还与众多实力演员合作，包括戏中“奇迹小队”的齐溪、公磊、王宁、巩金国、许君聪等，能否分享下这次与他们合作的感受，或者印象深刻的对手戏？

A：齐溪实际上是一个文艺女青年，然后这次演一个非常朴实的妈妈，耳朵不是听得很清楚，也是一个颠覆性的角色，跟她自己生活中也不一样。

公磊属于未来可以做电影男一号的演员，演了一个人狠话不多的人，演得也非常好。然后他在养小狗喂小狗的过程当中，又剥开了这个人物的另外一面，就是他很可爱的那一面。王宁充满了喜剧思维，有时候我们俩在现场挺好玩的，他说一句我说一句就可以把这场戏演成另外一个调性。

然后是特别可爱的一个人物，巩金国老师。巩老师跟我父亲一个年纪，然后跟我们拍了那么多场很辛苦的戏。我们在片场很热，又拍雨戏，那么多雨戏，坐着轮椅，一条假的腿一直在那窝着。老爷子也很认真，充满了热情，挺可爱的一个怪老头，然后演的也是一个怪老头，一个抗美援朝的退役军人。

大聪也很可爱，有几场戏也是演得特别精彩。

哈琳小姑娘，她太可爱了，我第一次跟文导就这个项目见面是在他的工作室，然后就突然出来一个小天使一样的小姑娘，就是哈琳。我们在一块儿读剧本的时候，因为有时候没有她的戏，她就在看书。她阅读量特别大，读剧本的时候非常快就能进入状态，是一个很有天赋的小朋友。现场她摔过跟头，我都怕小朋友会有心理障碍，但是她还是很坚强，又去拍了。她在拍戏过程中还掉了颗牙，之前没掉牙，好像是涂黑，但是后来好像是彻底掉了，但是有时候需要有牙，有时候需要没牙。现场闲不住，是一个精力旺盛的小朋友。

Q：故事发生地——包容的深圳——就像是神州大地的缩影，在您眼里，《奇迹·笨小孩》的故事为什么能在这片热土上发生？

A：这个跟我们国家的发展有关系，那正是一个要解放思想、多去尝试、不要放过任何一个机会的时代。我想就是因为有一个足够宽松的环境，大家都在解放思想，都在做以前没有尝试过的事情，而且都有很强的信念，强烈相信可以去完成一件不可能的事情，那么就会在那个时代里创造出很多的奇迹。

Q：景浩最后顺利完成了订单，除了自己孤注一掷的坚持，也离不开伙伴们的义气相助。通过这个故事，您如何看待成功的标准？

A：其实最后每一个人都成功了，在这部电影里大家会在不同的立场，给出不同的成功定义或者是感受，有些人是完成了一个情感历程。比如说梁永诚帮助景浩完成了这个事情，他就完成了一个自己对小辈的成长承诺，帮助他完成了一个心愿。其实对他自己来说，他是达成了心里的那份成功，从最开始只是一个小作坊的车间主任，到最后坐在了创始人的席位上。其实对每一个不同的人物来说，他们都在这个过程中完成了自我成长，我想这个其实也是一种成功。

Q：作为片中“奇迹小队”的一分子，在深圳这片热土上跟随景浩一起打拼奋斗、成功创业，众多不完美的草根人物，都在追逐着更好的人生，您如何理解影片传达的主题？

A：我想就是相信吧，这么一个大背景给了你一种可能性，时代给了你一种可能性，那你到底是要做一件什么事情？你需要一个帮助，是吧？大家是互相帮助，最后团结在一起。景浩被人家催交房租，要把他赶出去，他手又骨折了，又发不出工资来。在这样的压力下，这件事情已经变得不可能了。突然间从地平线上来了一帮不计较任何事情、继续帮助你的人，他们想出了新办法。我们没有厂房了，那还可以把东西拿回去，在自己家里做，是吧？因为我们完成过装机的全流程，每个人都可以在自己家里完成一个全流程，而不是像之前的那种流水线。我们最后把这件事做完了，每一个人也都在完成自我的一个成长。就是在这样的过程当中，你坚持去做一件自己的事情，同时有人辅助着你，你们保持着那种乐观的韧劲，最终才共同完成了一个不可能完成的任务。

Q：片名是“奇迹·笨小孩”，但在奇迹的背后，景浩在创业路上屡遭挫折与磨难却从未放弃，在您眼中奇迹是什么？

A：奇迹就是把一个不可能完成的任务完成。靠着这些人，无论是情感也好，还是信念也好，把这件事情干成了，就是一个奇迹。

Q：请您用一句话向观众推荐一下这部电影。

A：奇迹因相信而存在。

这是一部很感人的电影

对话《奇迹·笨小孩》主演陈哈琳

Q：哈琳，是什么样的契机或者原因让你加入《奇迹·笨小孩》这部电影的？

A：就是有一天妈妈跟我说有一部戏，千玺哥哥也在。因为没有拍过戏，所以本来是不想去的，但是我知道千玺哥哥去的时候，就决定试试。

Q：那在哈琳眼中，这是一部怎样的电影？

A：是一部很感人的电影。

Q：这次在电影中扮演了一个什么样的角色？

A：扮演了一个有心脏病的妹妹，叫景彤。

Q：片中妹妹景彤和哥哥相依为命，但也感受着哥哥的百般照顾。在哈琳眼中，哥哥景浩为妹妹做了哪些印象深刻的事情？

A：他每天都像爸爸一样送我去上学，他说做手机就可以有钱给我治病，但是有一天有人把手机给偷走了。

Q：有场戏是妹妹的哭戏，哈琳哭得很伤心很投入，导演喊停后还是很难平复心情，哭得停不下来。还记得这是哪一场戏吗？当时内心是一种什么样的感受？

A：记得。是因为交不上房租被房东赶出来了，然后哥哥和我就搬到了一个厂房里，我很害怕哥哥离开我。

Q：之前在《放开我北鼻》中对千玺哥哥非常熟悉了，那时隔几年再次合作，觉得千玺哥哥有哪些变化？

A：好像是长高了。以前我和他都是小孩，现在他是大人，只有我是小孩了。

Q：跟以前在综艺节目中的合作相比，这次在电影里饰演兄妹，有哪些不一样的感受？

A：以前我都会跟他撒娇，现在我都不好意思跟他撒娇了。

Q：那和千玺哥哥合作对手戏会提前做一些沟通吗？平时在片场和千玺哥哥是怎样相处交流的？

A：会，就是会跟他走戏，每次都要走。

Q：那千玺哥哥对你是不是很照顾？

A：很照顾。

Q：那第一次看到这部电影的时候，你觉得它是一部什么样的影片？

A：第一次看的感受是它很感人。

Q：是自己看的剧本吗？看哭了？

A：对，我一般都不喜欢哭，但是看剧本看哭了。

Q：那你觉得这部电影有什么地方是你很喜欢的？

A：打架的那一部分，就是哥哥和工厂里的大家一起跟流氓打架的那部分。

Q：这场戏你在吗？你是在旁边看着他们打的，对不对？

A：不在，但是我看到照片了。

Q：在戏里妹妹的性格是什么样的？

A：性格是活泼一点的。

Q：你本人跟她像吗？

A：有点像。

Q：那哥哥赚钱是为了什么？

A：是为了治我的心脏病。

Q：导演对你有什么表演上的要求？

A：拍的时候他让我不要太蹦蹦跳跳了，因为妹妹得了心脏病。其他的就是做自己，因为我和景彤的性格很像。

Q：那你觉得这三个月的时间里，哪一场戏是最难的？
A：有一场追卡车的戏，追一辆货车，货车上是一些坏人，然后哥哥要抓坏人。

Q：为什么觉得它难？
A：因为要跑好久，声音还得是要哭的那种。

Q：那你觉得有没有哪一场戏是最好玩的？
A：结婚的那场戏最好玩。

Q：为什么觉得那场戏好玩？
A：因为有舞狮子的、吃饭的，还有玩游戏的，有很多好玩的。

Q：你平时在现场觉得什么时候是最好玩的？
A：我过生日的时候给我买了一个蛋糕，文导还送了我一只鸭子当作生日礼物。就是这只。

Q：你这只鸭子一直带在身边吗？
A：有时候会放在家里，有时候会带到现场。

Q：你喜欢吗？
A：喜欢。家里还有两只也是文导送我的。

Q：这次跟导演合作，你有什么感觉？可以跟我们多聊聊吗？
A：文导对我很好很好。而且和我一样有强迫症，生日送我的小鸭子其实一套一共三只，他都给我凑齐了。

Q：那你觉得他是一个怎样的导演？
A：平时对我很好，但是在拍戏的时候要求很高。

Q：比如哪些地方你觉得他要求高？
A：每次都要拍好几条，回去的时候，他好像还要看，有一次我就听见了。

Q：听见了什么？
A：回酒店的时候，我就听见了他回去还要看下拍的东西。

Q：那比如说你没演好的时候，他会怎么帮助你或者引导你去表演？

A：他有时候会亲自来现场教我。

Q：他要给你演一遍，对不对？

A：他会先教我该怎么演，包括表情和心情，然后让我自己演一遍，他觉得好了就继续拍。

Q：你知道我们电影的名字叫什么吗？

A：《奇迹·笨小孩》。

Q：那你觉得为什么电影里有奇迹？

A：应该是因为本来哥哥很穷，但是后面他努力挣钱把妹妹的病治好了。本来妹妹有心脏病，但是心脏病手术最少都要几十万，而哥哥只有几百，甚至有时候都吃不了饭，但是他后面努力赚钱治好了妹妹的病。

Q：你觉得哥哥很厉害，对吗？这就是你觉得最厉害的地方，对不对？如果你要向你的同学或者你的小伙伴推荐这个片子，会怎么跟他们推荐？

A：我们拍的时候很努力，有哭得很伤心的，也有很搞笑的，来看哟。

Q：再问几个问题，你想一想跟他们有什么特别好玩的事情吗？

A：千玺哥哥有一个小相机，他有时候会教我用他的相机拍照。

Q：你还记得文牧野导演有什么好玩的事情吗？

A：有时候他会来现场教我怎么演，然后教完了他就这样蹦蹦跳跳地回去。

Q：那你以后还想要接着拍戏吗？你觉得拍戏好玩的地方在哪儿？

A：很好玩儿很好玩儿。

这部电影会让你找到生活中的热情和勇气

对话《奇迹·笨小孩》主演齐溪

Q：首先请您给我们介绍一下，是什么样的契机让您加入《奇迹·笨小孩》这部电影的呢？

A：文牧野导演给我打了一个电话，然后我就没有任何犹豫地来了。

Q：那在您眼中这是一部怎样的电影？

A：就是一部很“奇迹”的电影。

Q：您能简单地介绍一下在这部戏中扮演了一个怎样的角色吗？

A：我扮演了一个单亲妈妈，她一个人在外打工，很不容易。为了让自己，以及老家的亲人生活得更好，就自己一个人在深圳打工。但事实上她因为自己个人身体上的一些原因，没有办法挣到很多的钱，在一个偶然的机会下加入了好景电子元件厂。

Q：如果让您用几个词语来形容这个人物，会是什么？

A：坚忍，强悍，如沐春风。

Q：您刚才介绍她是一个妈妈，也说她身体上有一些跟普通人不太一样的地方，她好像是一个听障人士，她的耳朵因为之前打工的地方不作为受到了影响，听力受到了损伤。扮演这样一个听力上有障碍的人，您做了哪些准备，可以跟我们说说吗？

A：我大概是从知道要拍这部戏的时候就开始戴耳塞，有事没事我就会戴上。我发现听不见和听得见，那完全是两种感受和反应。首先听到的感觉是不一样的，好像一个是从机器里发出来的声音，一个是从外界传来的声音，会有一个反应上的迟钝。还有观察下来，如果听不见或者听力不如正常人的话，他们的眼神和面部表情会比较丰富，反应会稍微大一点点。

Q：影片中的重头戏，汪春梅被流氓打坏了儿子送她的助听器，全厂员工义气出手，拍摄过程中遇到哪些挑战？

A：那场戏我们拍了六天还是七天，光是拍流氓的演员打坏我助听器的那场戏就拍了两天。因为反复太多次，导致我的牙关半个月都咬合不上，就是到一半就合不上了，吃东西只能抿着吃，用另一边来嚼，当然这都是应该做的，那场戏让我感觉到了真实。“奇迹小队”帮我出头，帮我解决事情，很温暖的感觉。反正我看那场戏的感受就是，不管看多少次，都会有一些不一样的感动点，每一个角色在看到我被打的那一瞬间，他们可能不仅仅是演，而是每次都有不一样的感情。导演在那就觉得我不是单纯的一个女性被欺负了，而是想看看一个人受欺负，一群人的临场反应是什么样的。那场戏后面导演其实做了一些调整和修改，我不知道最后呈现的会是什么样子的。

Q：片中景浩的创业之路一波三折，您认为春梅一直跟随他打拼到最后的原因是什么？您如何理解春梅的角色成长？

A：首先肯定是因为迫切地需要一份稳定的工作，因为她要挣钱。景浩从年龄上来讲很像是汪春梅的弟弟，然后他们又是各种各样的人，这个团队可能一开始大家互相不是很熟，但确确实实是因为打架的那场戏所有的人都出力了，大家突然因为一场架而变得紧密了，从那以后大家在一起非常非常开心。大家一起为对方拼命，变成了一个真正的团队。汪春梅其实是在外面工作的人，那她肯定见不到自己的家人，但她的工作伙伴就像家人一样，为了家人去努力，去陪伴，去做一些事情，都是理所应当的。

Q：此前文牧野导演在拍摄《我不是药神》时，素有“文保保”的美誉，同一场戏也曾要求拍摄多次“再保一条”，这次拍摄您有没有感受到导演的严谨？又有哪些戏份是计划外的即兴拍摄？

A：经过反复打磨的东西一定是不一样的。我们其实有的时候会讨论导演反复的原因是什么，我现在感觉，导演是想通过这样的反复排演，在过程当中把我们所有演员的能量，我们的表演节奏，全都调成一致。大概是半个月以后，我们都不用看、不用排，大家就像是在一起排练了半年的话剧，无论是身体的节奏、语言的节奏，还有我们戏的分寸感，都已经非常有默契了。

Q：这次合作中您与饰演景浩的易烊千玺对手戏颇多，此前对他印

象如何？通过这次合作感受如何？

A：以前也不认识，我就觉得他挺酷的、很有型，其他的就没有什么印象了。这次合作以后我要叫他哥，哈哈。如果我们在这个戏里觉得拍摄辛苦，那千玺的辛苦程度至少是我们每个人的三倍，非常敬业。我们不光是在这个戏里把他看作一个厂长，在私底下也把他看作一个非常值得我们去尊重的好演员。

Q：除了千玺外，这次还与众多实力演员一起合作，包括戏中“奇迹小队”的田雨、公磊、王宁、巩金国、许君聪等，能否分享下这次与他们合作的感受，或者印象深刻的对手戏？

A：其实大家各自都挺不一样的，田雨哥是一个很稳，然后很幽默的人。我们这里边幽默的人很多，包括王宁老师、大聪、公磊老师，都会冷不丁地会冒出一两句话把大家逗得开怀大笑，拍摄的时候我们都特别开心。公磊老师也很酷很有个性。我在他们里面就好像有点傻，我们每天在一起吃，一起玩，一起开玩笑，也一起辛苦，会相互鼓劲打气。这是一个特别开心的团队，不光是演了一个团队，我们在剧组真的就像是一个团队。

Q：这次戏中还有导演文牧野原“药神小队”的王传君、章宇、杨新鸣，以及咏梅、田壮壮等资深戏骨加盟，您对谁的表演比较关注？戏下有没有进行一些交流？

A：“药神小队”是非常有名的，因为他们的敬业、团结，也是因为有他们这样的一个气氛，《我不是药神》才获得了这么大的成功。对文牧野导演的团队来说，不论是拍摄内容，还是创作氛围，都依靠团体协作。其实我们也很受这个“药神小队”的影响，他们珠玉在前，我们都是在学习这种协作精神，他们来了以后给我们带来了很多的欢乐，有一种接力赛的感觉。我跟咏梅姐合作过《地久天长》，壮壮是我非常尊重的前辈和老师，他经常鼓励我。

Q：故事发生地——包容的深圳——就像是神州大地的缩影，在您眼里，《奇迹·笨小孩》的故事为什么能在这片热土上发生？

A：在我们国家各种可能性非常多，每个人只要是通过自己的努力，都可以在这片土地上实现自己的梦想，只要你愿意付出努力，脚踏实地去做一些事情，就会发生奇迹。

Q：景浩最后顺利完成了订单，除了自己孤注一掷的坚持，也离不开伙伴们的义气相助。通过这个故事，您如何看待成功的标准？

A：其实大家往往都是看到了成功的结局，但是忘记了成功路上是要付出一遍遍的努力的。

Q：片名是“奇迹·笨小孩”，奇迹的背后，景浩在创业路上屡遭挫折与磨难却从未放弃。在您眼中奇迹是什么？

A：奇迹不是说他挣到钱了，他的人生就会发生多么大的转变，而是他变得自信、开心，他有家了，也有了跟他一起奋斗的伙伴。这个事情大家感觉好像挺容易的，但事实上不是，我们以为的开心其实不是真的开心，以为的成功可能也不是真的成功。但是这个团队他们获得的是由衷的自信，获得的是像家人一样的伙伴，我愿意信任景浩可以带着我们一起奔向一个不确定的未来。

Q：请您用一句话向观众推荐一下这部电影。

A：《奇迹·笨小孩》这部电影讲的是一群平凡人的不凡人生，非常温暖和励志，这部电影也许会让你找到生活中的热情和勇气。

奇迹就是实现梦想

对话《奇迹·笨小孩》主演公磊

Q：您这次在《奇迹·笨小孩》中扮演了一个怎样的角色？能否用几个词形容您眼中的张龙豪？

A：这次在《奇迹·笨小孩》当中饰演的是张龙豪，他是一名退役的拳击手，曾经因为工友出头防卫过当而入狱，出狱以后靠折购物袋为生，与一群流浪狗为伴。这个角色曾经铸造过辉煌，但眼下过得也不尽如人意，看上去常常就是一副处变不惊的样子。因为他有胆有识，我觉得这个人物有点大隐于市的味道。

Q：张龙豪安静沉稳，身怀绝技，为了符合角色形象做出了哪些努力？有没有提前做些训练，或者观察特定人群的细节？

A：我本人也喜欢拳击，对于有这样特质的角色，我有一份天生的喜爱。我提前两个多月就进组开始进行拳击训练了。

Q：面对欺负汪春梅的流氓，全厂员工义气出手，张龙豪大展拳脚，这场戏拍摄过程中遇到了哪些挑战？

A：在拍这场动作戏的时候，我最大的担忧是怕有人会受伤，因为拍摄要求真实的效果，所以我们常常会做实实在在的接触。不过武行兄弟很专业，虽然很辛苦，最终我们还是完成了一场很刺激、很过瘾、很满足的动作戏。

Q：景浩创业之路一波三折，您认为张龙豪一路坚守，跟随他打拼到最后的原因是什么？您如何理解张龙豪的角色成长？

A：张龙豪这个角色我认为他是很识人的，识人好像是他天生的本领，是本能的，所以才刚碰到景浩，就义无反顾追随到底。他也很幸运能碰到景浩，见证了景浩这一路的艰辛，最终脱胎换骨。在这个过程当中，他经历了所有的困难，这样一份成就并不是唾手而得的，是经历了考验的。

Q：此前文牧野导演在拍摄《我不是药神》时，素有“文保保”的美誉，同一场戏要求拍摄多次“再保一条”，这次拍摄您有没有感受到导演的严谨？又有哪些戏份是计划外的即兴拍摄？

A：“文保保”这个江湖美誉，自然是名不虚传，绝非浪得虚名。从我的角度来观察，他对于技术层面，是有臻于至善的这样一份追求的。对于演员这块，我个人的体会，他期待在一遍一遍的打磨过程当中，能看到演员有那么一瞬间产生属于人物的下意识的动作，因为这个从创作角度来说是弥足珍贵的，也是可遇不可求的。

Q：“奇迹小队”平时是如何相处交流，培养戏中的情感关系的？您能否用一句话评价剧组气氛？

A：我们这个小队，我认为是在一次又一次的不断摸索当中，获得了一份归属感，就好像是多年共事的工友一样，相互信任，无拘无束。

Q：故事发生地——包容的深圳——就像是神州大地的缩影，在您眼里，《奇迹·笨小孩》的故事为什么能在这片热土上发生？

A：因为深圳是一个非常年轻又富有活力的城市。

Q：片名是“奇迹·笨小孩”，但奇迹的背后，是景浩在创业路上屡遭挫折与磨难却从未放弃。您眼中的奇迹是什么？

A：青春充满着激情，激情得以燃烧，自然会创造奇迹，所以奇迹就是实现梦想。

Q：请您用一句话向观众推荐一下这部电影。

A：我们的祖国是繁荣昌盛的。作为个体，只要你拥有最美好的梦想，为此付出努力，那属于你的奇迹皆可期。

只要肯努力，一定有奇迹

对话《奇迹·笨小孩》主演许君聪

Q：是什么样的契机或原因促使您加入《奇迹·笨小孩》这部电影的呢？

A：在《我不是药神》之前，我就跟文牧野导演见过一次面，但是由于档期问题，上一次没合作成。拍《奇迹·笨小孩》的时候，文牧野导演又叫了我，那我就毫不犹豫地赶紧加入。

Q：在您眼中这是一部怎样的电影？

A：我觉得《奇迹·笨小孩》在我眼中是一部正能量的、接地气的、给人希望的电影。

Q：这次在《奇迹·笨小孩》中扮演了一个怎样的角色？

A：我在这部戏里面扮演的角色叫张超，他是一个将近四十岁的无业游民。由于他自己没有一技之长，于是选择逃避现实，每天就在网吧里面打游戏，用在虚拟世界里边得到的一些虚假的满足来麻痹自己，他是一个逃离生活的人。

Q：能否用几个词来形容一下您眼中的张超？

A：自我催眠，不敢走出自己的舒适区，得过且过。

Q：张超这个角色有着鲜明的现实特点，我们经常会在一些新闻中，看到漂泊在网吧里，失去身份的人。您在拍摄之前有没有做过相应的实地观察？

A：在开机前的一个月，我用了将近大半个月的时间去网吧，观察形形色色正在认真打游戏的人，从他们身上的一举一动来反推他们的内心想法，还有他们的思维方式。考虑到我是一个北方人，我就给自己找了一个比较标志性的、让观众一眼就能记住的小动作——小点头，后来把这个动作结合到了角色里面。

Q：影片中不乏动作戏份，有没有哪场戏是比较有挑战性的？

A：有一场戏是一帮小混混来我们工厂欺负汪春梅，我们“奇迹小队”的人就和这帮小混混发生了一次打架斗殴，但是我前一天跟厂长吵架了，所以我就撂挑子了，我也是一点都没帮上忙，所以我没有什么动作戏份。

Q：景浩创业之路一波三折，您认为张超从不服出走再到回归坚守的原因是什么？

A：我觉得张超这个角色，从他赌气离开“奇迹小队”到最后他返回这个大家庭，最主要的原因是他从厂长景浩的身上看到了他本身不具备的一个特质，就是改变自己，不断地脱离原有的舒适区，然后对成功有无限向往和努力。张超看到景浩身上这一点，是他自己不具备的，所以他最后鼓起勇气，回到这个大家庭，决定从今往后都跟着厂长景浩好好干。

Q：文牧野在拍摄《我不是药神》时素有“文保保”的美誉，同一场戏要求拍摄多次“再保一条”。这次拍摄有没有感受到导演的严谨，又有哪些戏份是计划之外的即兴拍摄？

A：我这次对文牧野导演的“文保保”称号是深有感触的。对于一个演员来讲，可能最开始会根据自己以往的经验和对这个角色的理解和处理方式，有一些自己的表演方法，文导会让你先按照自己的理解去表达、去诠释，但是其实过了十来条之后，演员就会有一点麻痹，是完全靠着肌肉记忆，下意识地在表演。这个时候通过跟文导一次次的沟通，做加减法，就又会多出一些灵感，然后对这个角色有更深入的理解。文牧野导演会把演员的很多潜能逼出来，所以这次跟文牧野导演合作受益匪浅。

Q：这部影片中您与饰演景浩的易烊千玺有很多对手戏，此前对他印象如何？这次合作感受如何？

A：之前千玺在我心里的印象是帅，合作了几个月下来，我感觉他对他自己的情绪和情感的把控力极其强大。

Q：除了千玺，这次您还与众多实力演员合作，包括戏中“奇迹小队”的田雨、齐溪、公磊、王宁、巩金国等，能否分享一下这次跟他们合作的感受，或者有没有印象深刻的对手戏？

A：这是第一次这么长时间地与各位演员合作。我们“奇迹小队”的队员，在我心里面的印象就是大家伙思想都非常的单纯，大家只有一个想法，就是怎么把这个戏拍好，然后怎么把自己的角色演好。整个剧组特别简单特别纯粹，特别积极向上。

Q：“奇迹小队”平时如何相处交流，如何培养戏中的情感关系？您能否用一句话评价剧组氛围？
A：其实大家平时没有太刻意地交流，但是一些小的细节，会让彼此非常暖心，比如每次到吃午饭的时候，我想吃什么会问大家一圈：“哎，我要吃这个，你吃不吃？你吃不吃？你吃不吃？”然后他们要点他们爱吃的东西的时候，也会问大家：“哎，你们谁吃？谁吃？谁吃？”用一句话来评价剧组，那就是，这是一个和谐、团结、温暖的剧组。

Q：这部戏还有导演文牧野“药神小队”的王传君、章宇，以及咏梅、田壮壮等戏骨加盟，您对谁的表演比较关注，有没有进行一些交流？
A：其实跟大家的合作都非常愉快，尤其是田壮壮老师还有咏梅老师，我特别喜欢两位老师的那种看不到表演痕迹的状态，但遗憾的是，在这个戏里面跟两位老师没有对手戏，所以特别期待能够在接下来其他的戏里面，能够有幸跟两位老师合作。

Q：故事发生地——包容的深圳——就像神州大地的缩影，在您眼里《奇迹·笨小孩》的故事为什么能够在这片热土上发生？
A：我觉得首先要感谢国家改革开放的英明决策，在大的时代背景下，深圳人通过自己勤劳的双手不断努力，在这个过程当中不断地改变自己的思维方式，才有了今天这样一个繁荣向上的深圳。

Q：景浩最后顺利完成订单，除了自己孤注一掷的坚持，也离不开伙伴们的义气相助。通过他们的故事，您如何看待成功的标准？
A：成功这个词，每个人的理解和定义都是不一样的。我以前听到过一句话就是，用你自己喜欢的方式过完这一生即是成功。我觉得这是我对“成功”二字比较浅显的理解。

Q：作为片中“奇迹小队”的一分子，在深圳这片热土上跟随景浩一起打拼奋斗、成功创业，众多不完美的草根人物也都在追逐更好的人生，您如何理解影片的主题？
A：我们不论出身，不论家庭背景，不论贫富，只要肯努力，只要肯拼搏，再加上一点点的机遇和运气，就有可能成功。我觉得这是影片所要传达给我们的最积极的主题。

Q：片名是"奇迹·笨小孩"，但奇迹的背后，景浩在创业路上屡遭挫折与磨难却从未放弃。在您眼中奇迹是什么？

A：我不太相信奇迹的存在，就像你刚才说的，景浩在这个过程当中，也经历了很多挫折与磨难，但他用自己勤劳的双手，通过不断努力，再加上一点点的运气，最终换来了成功。

Q：请您用一句话向观众推荐一下这部电影。

A：只要肯努力，一定有奇迹。

恒志就会有奇迹

对话《奇迹·笨小孩》主演王宁

Q：王宁老师您好，是什么契机或者原因让您加入《奇迹·笨小孩》这部电影的？在您的眼中这是一部怎样的电影？

A：我第一次跟导演见面就比较聊得来，然后导演也觉得我比较适合演刘恒志这个角色，所以就加入到这部电影当中了。

Q：您能否为我们简单介绍一下您饰演的这个角色？

A：我饰演的是刘恒志，他在遇到景浩之前是一个“网吧大神”，就是一直混迹在网吧的一个人。我认为用几个词介绍刘恒志的话，是“被动成长，主动承担”。

Q：也就是说这个角色是有着很鲜明的现实的特点，我们经常也会在一些纪实新闻当中看到漂泊在网吧里面失去既定身份的人。在拍摄之前您有没有做过相应的观察或者是体验？拿到角色之后，您有没有为了符合这个角色的形象而做出一些努力？可以跟我们分享一下吗？

A：因为男孩子嘛，肯定有去网吧玩游戏的经验，特别是我在上大学的时候也经常去网吧，网吧里面每个人的状态其实还比较熟悉，但是后来这么多年就没怎么去过。接了这个角色以后就叫了几个好朋友去网吧准备玩一个通宵，包个宿，我们大家去玩一玩，发现玩到后半夜的时候就有点熬不动了，就不是当年的那种状态了。他们是真的生活在网吧里，并且在网络世界里能够找到他们的成就感。

Q：影片也不乏一些动作戏份，有没有哪一场戏是比较有挑战性的？您觉得难度最大的是哪一场？

A：我们确实是有一场武打戏，但武打本身对我来说不是很困难，因为我小时候就是戏班里出来的孩子，就是我还能做一些动作。比较难的其实是配合，因为我要推着轮椅跟那些流氓搏斗，我害怕坐在轮椅上面的老人受伤，所以就要尽力控制这个平衡，然后导演又会要求你一定要多快多快，然后迅速到那个点，然后你要做出一些动作。还有就是我们之间需要相互配合，因为有的时候高了低了，武打动作可能都会有一些意外，所以我就被那个拐杖敲了一下头，肿了一个大包，但拍出来的效果我觉得还是挺好的。

Q：影片的主人公景浩，他的创业之路是一波三折的，但是刘恒志呢一直都陪在他身边。您认为他这一路坚守支持的原因是什么？您又是怎么样来理解这个人物的成长的？

A：我认为刘恒志一直坚守在景浩身边，是因为他从景浩身上看到了希望，也找到了方向。刘恒志其实是一个走过弯路的人，以前他一直没有方向，所以会混迹网吧，成为一个“网吧大神”。但是当他遇到景浩以后，从景浩的身上找到了方向，也能从景浩的身上看到希望，所以就一直跟着景浩创业，还是那两句话：被动成长，主动承担。

Q：此前文牧野导演在拍摄《我不是药神》时，有“文保保”的美誉，一场戏也被要求拍摄多次“再保一条”，这次拍摄您有没有感受到导演的严谨？又有哪些戏份是计划外的即兴拍摄？

A：六十五条，我拍《奇迹·笨小孩》这部电影最多一次是一个镜头拍了六十五条，达到了我人生的巅峰。文导他是一个会用秒表卡时间的导演，经常就会拍了十几二十条以后，终于熬到了，听到导演说“好，不错”，我们大家松了一口气的时候，“一模一样再保一遍”。然后再来一遍的时候跟上一条又不一样了，然后我们再调整调整，再调整十几条以后，“好，不错”“来，一模一样，再来一遍”。再来一遍又不一样了，拍了六十五条，他拿秒表卡时间。一般我们拍戏的话，如果拍四面的话，就会觉得导演的素材已经很多了，然而文导他会拍八面，所以你会发现我们这个戏的演员，不会有找镜头的习惯，就是你知道无论从哪个方向演，总会有机器对着你，所以不会刻意地去冲着镜头。

Q：您还记得拍六十五条的那场戏是什么场景吗？

A：六十五条的那场戏是我和我媳妇修手机的一场戏，在家里修手机的一场戏，关键是那场戏连台词都没有，就是我们两个修手机的状态，就拍了六十五条。因为拍摄的空间很小，摄影有一个“大炮”，文导会要求拉出来八秒，然后再推进去八秒，就是一定要卡在差了零点六秒，就差其他零点几秒都不行，非常非常严谨，所以我在文导的身上看到好戏真的是磨出来的。

Q：那有没有那种您的灵感和导演的灵感一碰，然后觉得“虽然我们当时没有想到，但我们觉得这个感觉挺好的，我们来一场这样的戏”的时候？

A：会有。就是每次拍之前我们会探讨，基本上每一场戏都会有这样的情况，有一些人物的状态也是慢慢碰撞找出来的。

Q：这次合作您和片中饰演景浩的易烊千玺对手戏挺多的，您之前对他是什么样的印象？这次合作之后印象又有什么不同？

A：我在合作之前，认为千玺就是帅，是一个年轻的演员，但是这次合作以后，我觉得他特别不像他这个年纪的演员，他对演戏的那种认真和走心的程度，我觉得已经特别特别成熟了，这点让我刮目相看。

Q：除了千玺之外，剧中也有其他很多实力派的演员老师，像戏中“奇迹小队”的田雨、齐溪、公磊、巩金国、许君聪等，您能否分享下这次与他们合作的感受，或者印象深刻的对手戏？

A：跟这些老师在一起合作都特别好，跟他们也交流得很舒服。关键是我们不管在戏里还是戏外，都是一个团队。在戏里我们是“奇迹小队”，在戏外我们都是很好的朋友。特别开心，每个人都能独当一面，都是优秀的演员，所以很高兴能跟他们合作。

Q：电影中的故事发生在深圳，它是一个很包容的城市，是神州大地的缩影，您觉得《奇迹·笨小孩》这个故事为什么会在这片土地上发生？

A：我觉得是天时地利人和，国家给我们的政策那么好，然后我们作为小人物，通过自己的拼搏创造了奇迹。所以不光是在深圳，我觉得在我们神州大地每个地方都无时无刻不在发生着奇迹。

Q：影片的最后，景浩顺利完成了订单，除了他自己这种孤注一掷的坚持，也离不开他身边伙伴的帮助。通过这个故事，您怎样来看待人生成功的标准？

A：我认为成功没有固定的标准，作为普通人，通过自己的努力过上了自己想要的踏踏实实的日子，就是一种成功。

Q：片中您作为“奇迹小队”的一员，在深圳这片热土上跟景浩在一起拼搏，一起奋斗。一些不完美的草根人物，他们都在追逐

更好的人生，您怎样来领会我们这部影片所传达的主题？

A：影片传达的主题就是平凡人也会有不凡的人生，只要努力就会成功。比如说刘恒志这个角色，我认为他就是一个特别普通的人，他跟着景浩一起创业，经历很多波折磨难，最后成功了。最关键的是刘恒志是我们这部片子里面最美满的一个人，他还娶到了媳妇，这一切都是通过他自己的辛苦打拼得来的。如果他不去努力，还是混迹在网吧，这一切是不可能实现的。我觉得老天给了你好机会，你要通过努力，才会成功，才会有奇迹。

Q：影片的片名叫“奇迹·笨小孩”，在奇迹的背后，景浩创业的路是充满了挫折和磨难的，但他从未放弃过。在您看来奇迹是什么？

A：奇迹就是我饰演这个角色的名字，恒志就会有奇迹。

奇迹就是把『不可能』变为『可能』

对话《奇迹·笨小孩》主演黄尧

Q：是什么契机让您加入《奇迹·笨小孩》这部电影的呢？

A：因为之前就认识文导，但是之前因为各种原因就一直在错过，也没有机会合作。然后刚好这一次他来问我，说我们这个戏里面可能适龄的女性角色也不多，就这么一个，刚好她又是一个在广东那边的女孩，所以就觉得我比较合适，问我有没有兴趣来参与一下。我说那必须的，终于有幸可以加入，然后就过来了。

Q：在您眼里《奇迹·笨小孩》是一部怎样的电影？

A：这部电影本身就挺“奇迹”的，不论是它的拍摄过程，还是整个制作过程，包括所有演员的工作，所有工作人员的工作，我觉得都特别不容易，能够完成下来真的可以说是很“奇迹”了。

Q：那您能简单地介绍一下您在这部电影当中扮演了一个什么样的角色吗？

A：我在这部电影里面扮演的是一个“重机女孩”，她在工地上开挖掘机。这么一个女人，我觉得可以算是他们这个小团队的坦克外援一样的存在吧，他们后面搬工厂呀，都是我在给他们帮忙。之前文导开玩笑说我是一个“重机萝莉”，因为他觉得就是小小的女孩，然后在操作大型的机械，就跟驾驭这个大怪兽一样，非常有趣，其实也是一种女性力量的印证。为了一些表演上的需求，我找人去学了重机吊机，它特别像那种大型的抓娃娃机，我练着练着突然感觉自己在抓娃娃，然后特别过瘾。其实它就是一个机械臂，你可以把它想象成是你自己的手臂。那天在工地上练了一下午慢慢地就能找着点感觉了，左右手配合就还挺爽挺过瘾的。

Q：那如果要用几个词语来形容这个角色，您会用什么词语？
A：积极，坚忍，力量。

Q：刚才您说“积极”，我会觉得一个女孩去做那么重的工作，代表了一种拼搏精神，您和齐溪老师那个角色是不是有共同点？
A：对，代表了很多在努力积极生活的普通人。我可以通过这个工作养活我自己，每一天我都非常努力地去生活，让我的生活可以尽可能地变得更好一点，然后面对爱情也非常乐观，我觉得就是一个非常积极非常蓬勃的状态。

Q：拍摄过程中，有没有哪场戏是比较有挑战性的？有没有发生哪些让您印象深刻的事？
A：有一天在家里，我跟刘恒志一起工作的一场戏，剧本上可能就两行字，但是我们拍了六十四条。我听说那天是打破纪录了，我不知道后面还有没有刷新，反正那天是打破之前的纪录了。因为那个伸缩炮在屋里非常难移动，所以就要跟那个机器配合得特别默契特别完美，然后导演也是非常追求完美的一个人，所以他就一定要卡那个时间，卡到多少秒之内，但一直很难卡上。那一天我搬箱子就搬了六十四遍，印象挺深刻。

Q：那您觉得作为有“文保保”美称的导演，身上更多的是什么特质呢？
A：我觉得他就是那种对事物追求极度认真，然后一定要尽善尽美、一定要完美的那种人。其实很多大师都是完美主义者、强迫症，我觉得他可能就得跟这个死磕，才能够得到他想要的，最终大家看到的呈现出来的效果也确实是好的。所以真的我也很敬佩他，他能够这么坚持自己，然后一路就跟你死磕到底，这真的不是一般人能做到的。我们在拍戏的过程中经常会有火花与碰撞，有时候会有一些即兴的东西。我们结婚的时候，我们聪哥跟王宁老师，他们两个就是网吧兄弟。他们两个有一些互动，非常有趣，我觉得特别好，喜剧演员即兴能力特别强，他能够在现场一下子创造出来很好笑的东西，你又觉得很发自内心。

Q：这次合作中您与饰演景浩的千玺以及饰演刘恒志的王宁对手戏颇多，此前对他们印象如何？这次合作感受如何？
A：我对千玺的印象就是，他是一个很内秀的孩子，很有自己的想法，但是他不会主动，没有那么爱表现，就年轻小孩来说特别沉得住气，我还挺欣赏他这一点的。这个性格也是跟他戏里的角色在某种程度上是契合的，他是一个很稳的小孩，所以才能够扛下这么艰巨的任务，才能把这个事给干下来。王宁老师就是一个很有趣的大哥，我之前知道他是喜剧演员，平时他思维特别活跃、特别幽默，反应特别快，我反正是不太跟得上，经常被他逗得哈哈大笑。

Q：除了千玺与王宁以外，此次拍摄还与田雨、齐溪、王传君、咏梅、田壮壮等众多实力演员合作，其中您对谁的表演比较关注？戏下有没有进行一些交流？能否用一句话评价剧组的工作气氛？

A：我其实注意到齐溪姐，她也是在这个角色上很下工夫，因为我进组的时候也不知道他们之前是什么样的，我突然听到她张嘴说台词的时候，她说的也是带口音的，应该是贵州那边的普通话，我觉得带口音的普通话是最难的，而且她不是贵州人，好像是东北人吧。反正她肯定不是贵州人，她也是现学的，但是学的那个味特别对，带口音的这种普通话其实是更难的，比单纯说一门方言更难，所以我很佩服她能够把这个口音变成自己饰演这个角色的一大利器，把它运用得这么好。

Q：故事发生地——包容的深圳——就像是神州大地的缩影，在您眼里，《奇迹·笨小孩》的故事为什么能在这片热土上发生？

A：我觉得深圳这个城市本身就是一个挺容易发生奇迹的地方，它从一个小渔村能够变成现在这么繁华的一个大都市，这本身也是一种奇迹。在短短的几十年时间里面，它其实是代表了一种年轻人能够在一片艰苦的条件下闯出一片自己天地的精神，所以在这个城市里发生这样的一个故事是特别合理的。

Q：景浩最后顺利完成了订单，除了自己孤注一掷的坚持，也离不开伙伴们的义气相助。通过这个故事，您如何看待成功的标准？

A：我觉得成功其实就是对得起自己也对得起爱自己的人，能把这两点做好就已经挺难的了。

Q：《奇迹·笨小孩》是一部展现新时代年轻人在深圳把握机遇、奋斗成长、艰苦创业的影片，众多不完美的草根人物，也都在追逐更好的人生，您如何理解影片传达的主题？

A：草根是最有生命力的，草根是最有韧性的，一根一根草连在一起，就是一片茂盛的草原。

Q：片名是“奇迹·笨小孩”，奇迹的背后，景浩在创业路上屡遭挫折与磨难却从未放弃。在您眼中奇迹是什么？

A：我眼中的奇迹是超出了自己，奇迹就是把“不可能”变为“可能”。

Q：请您用一句话向观众推荐一下这部电影。

A：欢迎大家走进电影院，收获创造奇迹的力量。

拍电影就像做象牙雕刻

对话《奇迹·笨小孩》主演巩金国

Q：您能聊一下是因为什么契机让您加入《奇迹·笨小孩》这部电影的吗？

A：这个倒还没有什么太特殊的，因为我参加了《我不是药神》的拍摄，在那部戏里就跟文牧野导演认识了，这部戏他需要一个老人，他首先就想到我了。

Q：在您眼里，这是一部怎样的电影？

A：这部片子开机之前我就把剧本反复看了几遍，我感觉这部戏应该是挺正能量的。特别是年轻人和生活当中遇到坎坷比较多的人，看一下真的会有帮助。电影表现的是以景浩为核心的一帮人创业这个事儿，但实际上它是给生活当中走得不是太顺利的人一个很好的启示。用现在比较时髦的话说，只要有梦想，你肯坚持，就没有不成的。现在这个社会上有一种风气比较浮躁，就是大多数人都浅尝辄止，其实只要你坚持着，哪条道都行。你看那景浩有几次几乎是走投无路了，但就是坚持过来了，就成了。

Q：您这次在这部电影里扮演的是什么角色？

A：一个我挺喜欢的角色，他曾经是一位军人，排雷部队的，在排雷过程当中不慎被炸断了一条腿，但是这个人脾气比较暴躁。他本质是很可爱的，实事求是地讲，我挺喜欢这个人物，就是看上去很暴躁，遇事儿就急，但是到关键时刻那还是有军人的那股劲儿，是吧？一是有爱心，二是在困难面前不轻易言败。

Q：您刚才说您很喜欢这个角色，您通过您个人对这个角色的理解，会不会在演戏的过程中加入自己的一些小设计？

A：这个实事求是地讲，我毕竟是个业余演员，不如专业演员，看剧本的时候不如专业演员理解得这么深。因此我也没有敢做什么设计，就是告诉自己在文导这儿，还有易烊千玺、田雨、公磊这些实力派演员，咱就老老实实地按剧本演戏，所以事先没有做什么设计。但是一旦到了片场开拍了，因为入戏了，就会根据一个残疾人以及这个人的脾气秉性，做一些小小的设计，也特别提醒自己，你别跟正常人一样，因为腿不行。另外，我会下意识地遇到什么事儿就先摸拐杖。

Q：景浩创业一波三折，您饰演的老钟头顽固但也很可爱，您认为老钟头这个角色一直坚守，跟景浩一起打拼的原因是什么？

A：这个还是要说到这个老人的本质，他毕竟是军队里锻炼出来的，那种坚毅、战胜困难的勇气，让他也能够看到这个小孩身上正气的东西，所以他始终能跟他一起坚持。另外，因为是电影，台词尽量要精简，能省的环节尽量省。景浩最困难的时候，厂房付不出租金，要被赶走了，但任务还没有完成，工资发不出去了，那次老钟头最后说了一句“我的工资你不给都行”，我当时是用了一种很平常的语气说出来的。一个年轻人创业，他遇到困难了，老家伙先撤就是说不过去。因为这个老头毕竟来自草根，他还是有点义气，就是我无论如何不能第一个走，就这种劲在那顶着。再加上那些看似不太完美的人，人家都是那态度，所以在最困难的那段时间，我也是反复琢磨以后，比较平淡地把话说出来的。

Q：刚才您也聊到了文牧野导演，之前您是通过《我不是药神》认识导演的，就是从那个时候开始文牧野导演被称为“文保保”，就是经常说“再保一条，再保一条”。这次拍摄您有没有感受到导演对一些细节的严谨？有哪些戏份是即兴拍摄的？

A：我的戏份里面几乎没有增加什么，但是减少了不少东西，说明文导在拍摄过程当中，他的脑瓜子一直处在创作状态，不光是在复制剧本。早在大多数人知道他叫“文保保”之前，我就有体会，拍《我不是药神》的时候，徐峥吃两口面条的场景，现实中他吃了十三碗，我当时就感觉到这导演可够厉害的，恐怕差一点也不行。还有传君，就是演那个得白血病死的人，拍完那镜头他出来，说这辈子我再也不吃包子了，我一看，那些包子笼堆了两堆。《我不是药神》里我的戏份很少，没有体会到，但这次我体会到了。说句实在话，有一个镜头拍了四十多条，像易烊千玺，还有扮演司机的那些人，都是二十来岁小孩，反正我自己孩子我舍不得这么用，真辛苦。那大货车一条他得爬一次，一条爬一次，我说搁我早累趴下了，但是他真的就是拿着放大镜在那导戏："再保一条，那个谁谁谁你那头发上一条不是那个位置，你把它再往上拨一拨。对对对，就这样。对。""再来一条，你这头发又掉下来了。"拍大全景的时候，前景里边有个就过一下景的人，哪儿有点什么变化，有点什么不对，他都看得清清楚楚。真的，我这次非常深切地体会到了，这是在拍电影。过去好像是陈佩斯说过一句话，电视剧是砖雕，电影是象牙雕刻，那个台词，一个字儿一个字儿一个字儿，这一条儿和那一条儿错一个字儿都不对。"刚才你是敲了三下，这回怎么就敲两下。"非常严格非常细致，我这回真的体会到是在拍电影。

Q：这次合作中您与饰演景浩的易烊千玺对手戏还挺多的，此前您对他有什么印象？

A：千玺这个人呢实事求是讲，以前没有接触过，但是在演员这个圈子里边听说过，千玺的戏比较好，有很好的口碑。我两个特别要好的朋友在《长津湖》里面演他跟吴京的父亲母亲，他们在横店拍的时候，我还到组里去探过班，曹阳老师就说："哎呀，千玺这孩子真好。"当时仅仅是听说，这次我体会到了，这孩子是真的好。

Q：那您这时候合作的感受是什么？

A：说真话，挺心疼他的，一部戏二百多场，他一个人干了快二百场，几乎天天在那儿，这文牧野呢，他自己年龄不大，劲头又足，一弄都是十七八个小时、二十来个小时。说句实在话，千玺才二十来岁，我刚才已经说过一遍了，我自己的孩子我真舍不得这样用。他拍《长津湖》的时候，脚上受的伤还没好，《长津湖》一杀青马上就到这边来，这里边还有几个镜头，需要他快步跑啊，跳起来，那小胳膊小腿我看着真心疼。真的是挺不错的孩子，家教好，会照顾别人，替别人着想。

Q：除了千玺之外，这次还与众多实力演员一起合作，包括戏中"奇迹小队"的田雨、齐溪、公磊、王宁、许君聪等，能否分享一下这次与他们合作的感受，有没有印象深刻的对手戏？

A：这次跟他们合作，非常融洽非常愉快。像田雨扮演的梁叔，实际就是一个养老院里边干杂活的普通人。打流氓的那场戏，他一脚踩到那钢板上了，当时大脚趾那指甲都掀起来了，赶快摁下去、缠起来，一天也没耽误拍戏，那也都多大岁数的人了，说句实在话，看着挺心疼的，但是人家一点都不那样感觉，甭管谁的戏，感觉这有点不对那有点不对，都很热情地提出来。还有一个就是许君聪（饰演的是张超），因为景浩扣了他的钱，他有几天没来嘛，迟到被扣了钱，他急了，吵架，最后要被炒鱿鱼，那场戏开始走了两遍以后，我们就是个前景，就在那坐着的。后来我一想，老钟头就他的这个脾气，他看见这吵架的，他会没反应？那也不符合人物，我就寻思我也想上去，我就撑起来，撑起来那一瞬间我就后悔了：我撑起来了，我怎么坐下？这时候在我旁边的齐溪，就是汪姐，一把手伸过来拉住我胳膊了，可给我找了个台阶，我就坐下来了。真的，当时就是觉得我这个人物在这种情况下，应该是要跳起来的，“啪——”我就起来了！起来之后又想我怎么坐下呀，是吧？总得有个由头，只有在镜头前的人才有那种感觉，跟齐溪这样的演员搭戏，你演不好人家也给你补好了，我对这印象非常深。还有许君聪、王宁，这都是上过春晚的实力演员，他们非常投入，非常认真。

Q：故事发生地——包容的深圳——就像是神州大地的缩影，在您眼里，《奇迹·笨小孩》的故事为什么能在这片热土上发生？

A：在这个问题上我大言不惭地说一句，我真的是过来人。深圳开发早期我就在深圳，深圳的锦绣中华、欢乐谷、民俗村、世界之窗，包括后来又新建成的东部华侨城，我都参与了。还有深圳号称“世界第一大球会”的观澜高尔夫球会，我都在里面实实在在地工作过。我的体会就是像《奇迹·笨小孩》这样的故事，这么多情节，只有发生在深圳，才是合理的。早年间它就跟全国其他地方不同，它早走了一步，很快全国就都这样了。当时而言只有深圳有这种机会，深圳特区一建立，已经从大环境上把那些条条框框彻底打碎了，后来随着国家的发展，其他地方逐步也这样了。最早期的时候真的是进门招工，你像我们有一个去面试的镜头，梁叔跟景浩介绍，这几个都是养老院的，给点钱就干。修钟表，因为当时深圳没人，我在深圳就是以高级工程师的身份参与工程管理，实事求是地讲，我到现在连个助理工程师的证书都没有，从不好的方面说，有可能诈骗也会存在，但是你得确实有这个能力。那时候我在深圳，就感觉深圳，它不问你从哪里来，只问你干什么，能不能干，能干就留下来。对发现人才、对促进工作，这种包容是非常有利的。

Q：景浩最后顺利完成了订单，除了自己孤注一掷的坚持，也离不开伙伴们的义气相助。通过这个故事，您如何看待成功的标准？

A：成功实现奇迹，国家要给这个政策，要给这个环境，没这个政策没这个环境，你也成不了。除了大环境的影响之外，具体到个人，成功就是坚持。我这一生之所以能走过来，回头想想就是坚持。有梦想，你就会有方向，有方向，你要去奋斗，去努力，最终必然成功，成功让“不可能”变成“可能”，这就是奇迹。

景浩就是这样，一方面，他有母亲给他的嘱托，另一方面，看着妹妹他有责任。有了这两条，再加上外部环境，他个人的坚持努力，一条道走到黑，他认准了这方向，坚持走下去，这就是成功。

Q：作为片中“奇迹小队”的一员，在深圳这片热土上跟随景浩一起打拼奋斗、成功创业，众多不完美的草根人物，都在追逐更好的人生。您如何理解影片传达的主题？

A：这部片子我之所以喜欢它，可以用古人这句话来表达：“人之初，性本善，性相近，习相远。”没有谁不懂事，“我这辈子尽量争取当个大坏蛋”，没这样的，人人都有一种积极向上的观念。看你怎么发现它，怎么培育它，怎么把它激发出来。这些人可能都不太完美，因为他们的这个正能量的东西没有被激发出来。他们都聚拢在景浩周围，由于大环境等方方面面的因素的影响，最初可能会出现一两个非常朴素的情感，我得讲义气，你来了我就帮你那种，但是最终激发出来的、升华出来的是正能量的东西，因此他们才能一步一步和景浩一起，走向成功的巅峰。今后我们在生活当中也要注意，尽量多地去激发每一个人的正能量。这部戏从方方面面把那个好的东西提炼出来，这就是我非常喜欢的一点。

Q：片名叫“奇迹·笨小孩”，在奇迹的背后，是景浩在创业路上屡遭挫折与磨难，但他从没放弃。在您眼中这个奇迹是什么？

A：其实就是坚持，就是努力，变不可能为可能。吃常人没有吃的苦，我实事求是地跟您说，从毕业到退休，我是一家房地产上市公司的工程总监，天天干的工作都是高级工程师干的工作。我退休以后，百无聊赖，闲着难受，干什么人家都有年龄限制，那最后我发现演员没有年龄限制，我就来演戏。我就跟着他们一帮业余爱好者玩微电影，剧组里边每个工种我都干过。最后我看还就是演员比较舒服，我一大把岁数才开始演戏，开始也遇到了不少困难，就一点，你觉得这合适吗？合适，那就坚持。所以我一天表演没学过，能够演电影，这小归小，也算奇迹，原因就是坚持用心做事。

Q：请您用一句话向观众推荐一下这部电影。

A：这部电影值得一看，特别是当你在生活当中遇到某种坎坷、障碍的时候，你去看一下，它会给你加劲儿。再困难，都会从中找出希望。

我的角色是一个不相信任何奇迹的人

对话《奇迹·笨小孩》特别出演王传君

Q：先简单地给我们介绍一下，是什么契机让您选择加入这部电影的？

A：是因为跟导演的爱吧，哈哈哈，上一部我们其实也有合作。

Q：简单讲一下为什么拿到剧本以后就决定了要出演这部电影？

A：因为在上一部电影的时候我们已经建立了非常深刻的友情，大家在各方面都很有默契。当他有这个故事之后，第一时间找了我们这些人，然后就说："哎，我这有这么个事，然后呢这么一个人，你帮我来一下啊。""好的。"电话就挂了。这就变成这个《奇迹·笨小孩》了。

Q：能否简单地跟我们介绍一下它是一个怎样的故事，或者说它是一部怎样的电影？

A：我觉得它是一部充满希望的片子，创业类型的。我们已经有很长时间没有看到纯创业类型的电影，它又能给人带来很多的希望和感动，挺不一样的。它保持了文牧野导演的风格，遇到困难然后解决问题，最后感动大家。这种路线我觉得还是很熟悉，但又有点不一样，就挺好的。我这个角色是一个被固化了的领导。他是一个不相信任何奇迹的人，是按部就班去生活的一个人。但他不是坏人，他的观念就是那样子。所以我们感觉他会对主角带来一种压迫，但他只是站在他自己的立场上，觉得主角的一些行为是不合理的。他会觉得主角有些越级的行为，会觉得你这事肯定得先报给我，我再报给我上级，你凭什么跳过我去找我的上级？

他也见过很多好高骛远的人，想着一夜暴富，但是其实最终都是会失败的，他是唯经验论者，他不相信梦想吧。

Q：刚才您说他不是一个坏人，既然他不是坏人，用几个词来形容他的话会是什么？因为这个角色叫李平，“平凡”的“平”字，名字是否对他自身来说就有一个平凡的意义？

A：我不觉得是平凡，我觉得他是一个求稳的人，四平八稳。求稳的人，按部就班，我又觉得这么说好像有点太固化这个人了，他有他活络的地方，面对领导的时候他就会特别活络，对下面员工的时候他的等级感又特别强烈。

Q：《我不是药神》中您的表演非常精彩，这次的角色和上一个角色有什么类似的地方或者要特意去区分的地方吗？

A：上一次的角色因为自己生活中有非常相似的经验，所以体验感和代入感都是最强的。这一次其实从最早开始造型的时候就会比较出戏，因为我生活中不会那样打扮，那个打扮我自己看着都觉得挺好笑的，特别板正。所以进入角色的时候会有些“咔嚓咔嚓”的，就不那么顺滑。在过程中其实有点痛苦，因为我自己可能更倾向于一种纯自然的表达，然后这次彻底被导演“咔嚓咔嚓”的枝节打碎，然后重新捏合，变成大家最后看到的一个特别板正的、特别内敛沉稳的人。导演确实挺厉害的，我们拍了一个下午，拍完之后，两个人看着今日戏的回放，又看了一个多小时，聊了一个多小时。最后再定另外一个方案，说这个人我们怎么演可能更好一些，然后再慢慢地进入到这个人物中间去。

Q：其实李平这个人物很有特色，他好像一直不看好景浩创业的方式，但是又好像在另一维度帮助他，您怎么理解这个角色对景浩的作用？

A：两个立场不一样的人观点就是不一样的，我站在李平的立场上，肯定会觉得景浩这样做是不对的，他违背了我所有的东西。那我就会表达我的观点，我不一定是给他施压，我只是善意地提醒，年轻人你不能这样。但是站在景浩的立场上，他可能觉得你是来刺激我的，他反而会觉得我要更加努力之类的。就像老人经常会跟年轻人说这样不行这样不行，年轻人说我要努力试试给你看一下。最后他成功了，然后李平依然还是在他那个位置不上不下地待着。

Q：有没有哪些戏份是一些特别意外或者即兴的表演，就是玩着演开的？

A：我们拍的一场戏，就是我跟赵总两个人在下电梯，反正也下了十几二十遍电梯吧，然后每次下电梯的时候还要从楼梯走上去，再下一次电梯，大概十五六条的时候依然保持之前的那个状态。我突然看到赵总肩膀上真的有一只虫子，然后机器在拍，那虫子看得我也有点烦了，我特别小心地对着那只虫子用鼻子喷了口气，肩膀上那只虫子就不动，哎呀，算了，不管了，我就拿手抓起那只虫子，丢掉以后顺便就理了一下自己的衣服。那个画面直接被导演捕捉到了，之后的每一条导演都说就按着这个来，我说，导演，那个肩膀上的虫子是无法复制的，那个是老天爷给的。导演说没关系你就假装在帮他捋线头吧，那个一小点的动作是破掉李平这个人物固有形象的一个关键，对塑造角色特别重要，他跟领导的关系也可以全部建立起来，所以导演就不断地在后面拍这个画面，觉得未来呈现的时候要把它放进去。最后成片我也不知道有没有，但是很有意思，有些东西是老天爷给的，反正它机缘巧合就来了。

Q：这次您和谁的对手戏最多？

A：和千玺。

Q：从角色和演员本身谈谈合作感受。

A：那太好了，哈哈哈，太可爱了，哈哈哈哈，他太棒了。从角色和表演上，可能更多是在表演上的一些接触时，他给我力和反作用力的感觉。

其实在他之前的电影里面我就一下子“炸”了，当时也去看首映，我觉得太棒了，我对他最深的一个印象是有一次他发过一张自拍，然后留着点小胡子，我当时一下子就惊了，然后再看他们之前那个作品海报的时候我又惊了，看完那个作品后我觉得，哇，天啊，就是直接杀出来的一个巨星。我觉得未来踏踏实实的他，是最接近巨星那种程度的人。他低调，然后又非常敏感，在工作中也一丝不苟，然后非常上镜，怎么拍怎么行，也愿意去尝试各种各样的东西，所以我觉得非常好。我跟导演在房车上聊过这件事情，就是他在银幕前给出的质感是你现在找不到的。

Q：有没有什么特别有意思的戏下的时候？

A：这是一个很伤感的故事，因为千玺其实是个特别慢热的人，但他内心是非常活泼可爱的。有一天我跟他拍完一场戏，其实大家拍得挺开心的，中间也笑场什么的，然后大家看回放很开心，对刚才的表演都很满意。导演冷不丁地一回头：“千玺，章宇和王传君你喜欢谁？”千玺看看我，笑笑不说话，我当时心里还是觉得挺给面子的。然后到了第二天，导演又问了同样的问题，千玺不假思索地回答说宇哥，然后我瞬间就在那里崩溃了，我这么爱他，但是他爱宇哥。不过没有关系，宇哥是我的。

Q：景浩最后顺利完成了订单，除了自己孤注一掷的坚持，也离不开伙伴们的义气相助。通过这个故事，您如何看待“成功”的标准？

A：我觉得就是人们经常说的，说一个人走得快一点，一群人走得远一点，我觉得景浩是符合这么一个过程的。但如果说你要问我个人对成功的定义，我觉得就是你自己能知道自己在干什么，然后你真的能认识到你自己，能遵从自己内心的生活，尽量不要背叛自己，这就是一个很了不起的成功了。因为剩下的东西是别人定义的，比如钱和身份，仿佛这些就是成功的象征，但真的不是这样。

Q：您是怎么理解这部电影想传达的主题的？

A：我感觉是对所有创业者和所有那些为了梦想在奋斗的人的一种致敬和感谢。我们现在的发展确实非常好，每一天都在进步，但能有这样的进步和成长，离不开每一个人的努力，你可以在电影里找到每一个人努力的身影。我觉得真的是一种致敬和感谢，感谢所有创业者和工作者，他们每个人的付出使得我们现在的生活越来越好，我觉得是他们的努力和付出创造了这个奇迹，所以《奇迹·笨小孩》这个名字起得特别合适。

Q：您眼中的奇迹是什么？

A：我眼中的奇迹更多的是在我经历一些磨难之后产生的一个东西，我眼中没有什么奇迹，我觉得奇迹就是原本你不相信的事情让你相信了。

Q：请您用一句话向观众朋友推荐这部电影。

A：相信奇迹，感谢每一个人的努力和付出，期待这部电影给你带来不一样的喜悦和感动。

图书在版编目（CIP）数据

奇迹·笨小孩 /梦将军影业编著 .—南京：译林出版社，2022.2（2022.3重印）
ISBN 978-7-5447-9055-0

Ⅰ.①奇… Ⅱ.①梦… Ⅲ.①电影文学剧本－中国－当代 Ⅳ.①I235.1

中国版本图书馆 CIP 数据核字（2022）第 002898 号

奇迹·笨小孩　梦将军影业 / 编著

责任编辑　金　薇　侯擎昊
装帧设计　韦　枫
校　　对　张　萍　戴小娥
责任印制　颜　亮

出版发行　译林出版社
地　　址　南京市湖南路 1 号 A 楼
邮　　箱　yilin@yilin.com
网　　址　www.yilin.com
市场热线　025-86633278
排　　版　南京新华丰制版有限公司
印　　刷　南京新世纪联盟印务有限公司
开　　本　652 毫米 ×960 毫米 1/16
印　　张　21.25
插　　页　2
版　　次　2022 年 2 月第 1 版
印　　次　2022 年 3 月第 2 次印刷
书　　号　ISBN 978-7-5447-9055-0
定　　价　78.00 元